William Goldsmith
Mark Anchovi, Pizzadetektiv

© Alexey Sovertkvov

William Goldsmith ist Autor und Illustrator. Er hat bereits für die britische Tageszeitung ›The Independent‹, das Goethe Institut und das Königliche Opernhaus in London gezeichnet. Zurzeit lebt er in Moskau, wo er an der British Higher School of Art and Design unterrichtet.

Katja Frixe studierte Erziehungswissenschaften und arbeitete mehrere Jahre als Kinder- und Jugendbuchlektorin, bevor sie sich als Autorin und Übersetzerin selbstständig machte. Sie lebt mit ihrem Mann und ihren Zwillingstöchtern in Braunschweig.

William Goldsmith

Mark Anchovi

Pizzadetektiv

Aus dem Englischen
von Katja Frixe

dtv

Ausführliche Informationen über unsere Autorinnen und Autoren und ihre Bücher finden Sie unter www.dtv.de

MIX
Papier aus verantwortungsvollen Quellen
FSC® C014496

Deutsche Erstausgabe
2021 dtv Verlagsgesellschaft mbH & Co. KG, München

Titel der englischen Originalausgabe: ›Mark Anchovy‹,
2020 erschienen bei Piccadilly Press,
an imprint of Bonnier Books UK, London

Gesetzt aus der Sabon Next LT Pro
Satz: Satz für Satz, Wangen im Allgäu
Druck und Bindung: GGP Media GmbH, Pößneck
Printed in Germany · ISBN 978-3-423-76300-4

Mädchen mit einem Eichhörnchen
von Leonardo da Quincy

Den Sommer hatte ich mir eigentlich so vorgestellt: keine Hausaufgaben und leicht verdientes Geld. Doch dann kam alles anders – ich hatte es plötzlich mit einem wertvollen gestohlenen Gemälde, verschiedensten Morddrohungen und viel zu viel Pizza zu tun. Vielleicht hätte ich lieber Zeitungen austragen oder Hunde ausführen sollen. Aber ich hatte beschlossen, Privatdetektiv zu werden.

Eigentlich fing mein Opa – Opapa – mit der ganzen Sache an. Er saß vorm Fernseher und schaute einen alten Film, in dem ein Schauspieler namens »Bogey« mitspielte. Der trug einen beigen Mantel und schnüffelte Gangstern hinterher.

»Der ist genau wie du, Junge«, krächzte Opa. »Du kannst auch immer so gut kombinieren – wie ein Detektiv!«

Mit »kombinieren« meinte er zum Beispiel die Schlussfolgerung, dass der grüne Matsch in seinem Kühlschrank mal eine Gurke gewesen sein musste. Oder dass seine Brille nicht gestohlen worden war, sondern auf seinem Kopf saß. Oder dass sein Hund Dinnergloves Opas Tabletten gefressen hatte. Und dass Dinnergloves der Magen ausgepumpt werden musste. So schnell wie möglich.

»Mein kleiner Detektiv«, krächzte Opapa dann immer, »mein kleiner Bogey«. Das war wahrscheinlich ein etwas seltsamer Kosename für einen Enkel, aber ich wusste ja, woher es kam.

Zum Geburtstag schenkte er mir ein zerfleddertes Taschenbuch mit dem Titel »Der ewige Schlaf« (etwas, dem er selbst nicht abgeneigt war). Auf die Innenseite des Umschlags, wo sich eine Mahnung der Bücherei aus dem Jahr 1978 befand, hatte er geschrieben:

Für Colin: Bleib immer ein Detektiv.

Das setzte bei mir ein Gedankenkarussell in Gang.

Was, wenn ich *wirklich* ein Detektiv wäre?

Ja, klar, eigentlich arbeitete ich als Pizzabote. Aber konnte ich nicht beides sein?

Ein Pizzadetektiv?

Also trieb ich einen cremefarbenen Schlabbermantel auf. Erstellte laminierte Visitenkarten. Ich begann herumzuspionieren, ohne große Erwartungen. Aber um ehrlich zu sein, ist Rufflington-on-Sea nicht gerade die Brutstätte des Verbrechens. Vielleicht lässt mal jemand im Postamt den Kuli mitgehen. Oder spielt einen Telefonstreich. Oder ein Dachs wirft irgendwelche Kisten um.

Aber das alles änderte sich mit einem fischigen Codewort …

CAESAR
PIZZA

Kapitel 1

Es begann mit drei verdächtigen Pizzen. Wir waren in Caesars Pizzeria – sie war thematisch an das alte Rom angelehnt und gehörte meinen Eltern, Cosmas und Irma Kingsley. Schöne Namen, ich weiß – mich haben sie leider Colin genannt. Egal, es war kurz vor acht und wir warteten auf die Bestellungen.

Mein Vater wischte Mehlflecken auf und grummelte vor sich hin. Ich dachte an meine Klassenfahrt nach Italien, die am nächsten Tag losgehen sollte – besser gesagt: Ich versuchte, über den Lärm hinweg daran zu denken. Meine Schwester übte oben nämlich Bassgitarre.

Meine Mutter flötete in ihrer superhöflichen, hohen Stimme: »Ja, natürlich! Colin kommt vorbei. Aber ja!«

Sie schrieb die Bestellungen auf und reichte sie mir.

»Ist das mein Trenchcoat, den du da trägst, Liebling?«, fragte sie. Sie wusste ganz genau, dass es ihrer war. Ich zuckte nur mit den Schultern und verriet ihr nicht, dass es ohne Trenchcoat überhaupt keinen Sinn hatte, als Detektiv zu arbeiten. Ich las die Bestellungen:

- Major Majorie
- Buckdean Hall, Seabury Road
- 1 kleine Mark-Anchovi-Pizza, extra Anchovis

- Mr Stirling Biggs
- 40 Weeping Willow Way
- 1 große Mark-Anchovi-Pizza, extra Anchovis

- Patrick Moore
- Hütte 37, Kiesweg
- 1 mittlere Mark-Anchovi-Pizza, extra Anchovis

Für die meisten Leute eine ziemlich harmlose Liste.

Aber wenn man einen genaueren Blick darauf warf, war eigentlich klar, dass es sich um einen Hilferuf handelte.

»Extra Anchovis?«, fragte meine Mutter. Während ich mich über die Bestellungen beugte, richtete sie meinen Mantelkragen. »Die Leute sind echt witzig.«

Ich fand das überhaupt nicht witzig. Denn niemand verlangt extra Anchovis.

Außer sie hatten eine von diesen hier gesehen:

Der käsige, salzig fischige Geruch gebackener Anchovi-Pizzen stoppte mein Gedankenkarussell.

Ich packte die Umhängetasche und holte mein Rad. Mein Vater stand in der Tür.

»Um neun bist du zurück«, sagte er.

»Fahr vorsichtig«, rief meine Mutter.

»Okaaaaaaaaaaaay«, brüllte ich und radelte los.

Die Sonne ging langsam hinter den Bäumen unter und warf geheimnisvolle Schatten auf die Häuser. Ich legte einen Zahn zu, weil die Straße neben mir irgendwie zu verschwimmen schien. Ich konzentrierte mich auf meine erste Anlaufstelle – Buckdean Hall. Das Gebäude hatte ich bislang immer nur von

Weitem gesehen, es thronte auf der Felskuppel wie ein kunstvoller Grabstein. Früher war es mal ein Mädcheninternat gewesen, aber man munkelte, dass dort wieder irgendjemand lebte. Wer, das war ein Geheimnis, bis jetzt. Major Marjorie … Was war das für ein Name?

Als ich auf die Bahnbogen zuraste, spürte ich eine Meeresbrise. Es war kalt hier, wie in einer Höhle. Ich betrachtete die Ampeln und sah eine einsame Dönerbude. Auf dem Neonschild, das von einer Motte umschwirrt wurde, war zu lesen:

DÖNER-KÖNIG

In der Bude stand ein Mädchen mit großen dunklen Augen, das in Lichtgeschwindigkeit Wraps aufrollte. Hinter der Kasse posierte ein wuchtiger Mann mit einer Papierkrone auf dem Kopf. War das der König? Er brüllte über das Getöse der Fritteuse hinweg: »Noch ein Lamm-Schawarma!«

Ich beobachtete, wie die flinken Finger des Mädchens zu den eingelegten Chilis flogen.

Hinter mir hupte es.

Tuuuuuuuuuuuuut!

Irgendetwas schlug gegen meinen Lenker und ich flog auf den Gehweg. Ein Bus rauschte mit einem schimpfenden *Tuuuuut!* an mir vorbei.

Dann betrachtete ich den Tatort: Meine Umhängetasche war durch die Luft geflogen und die Pizza hatte sich überall verteilt. Und ich meine *wirklich* überall. Blitzschnell pulte ich sie vom Asphalt und legte sie behutsam zurück in ihre Schachteln.

»Heiliger Grillspieß, die willst du ja wohl nicht allen Ernstes so ausliefern, oder?«

Ich blickte in die Richtung, aus der die spöttelnde Stimme kam. Das Mädchen war herausgekommen und hatte die Hände in die Hüften gestemmt. Ihre dunklen Augen waren weit aufgerissen und sie sah mich voller Abscheu an.

»Ich … Ich muss … Sonst komme ich zu spät! Aber hey, Drei-Sekunden-Regel!«

»Eigentlich ist das die Null-Sekunden-Regel, Pizzabote.«

Sie hob meine Tasche auf und schüttelte eventuelle Straßenkrümel ab.

Der König starrte zu uns raus und richtete seine Papierkrone.

»Ist das dein Vater?«, flüsterte ich.

Sie fing so laut und heftig an zu lachen, dass es mir wie ein Splitter in die Haut fuhr.

»Nein. Aber du *musst* mich ›Döner-Prinzessin‹ nennen.« Sie machte eine Bewegung, als würde sie sich den Hals aufschlitzen. »Sonst …«

»Ich bin Colin«, murmelte ich, während ich mir die Tasche wieder über die Schulter hängte. »Und ich muss jetzt wirklich los.«

Sie zuckte nur mit den Schultern. Hatte sie irgendein Problem?

Ich trat wieder in die Pedale, rauschte vorbei an einer Reihe unnatürlich gepflegter Häuser und Gärten. Es dämmerte und über mir quiekten die Fledermäuse. Endlich hatte ich die Seabury Road erreicht, unter mir sah ich die Lichter der Stadt und der Wind blies mir ins Gesicht. Die entfernten Wellen

trommelten einen chaotischen Takt. Zu meiner Linken befand sich eine kalkweiße Auffahrt, die sich wie verschüttete Milch nach oben schlängelte. Ich fuhr mit knirschenden Reifen hinauf und da lag Buckdean Hall. Nur ein einziges Fenster war hell erleuchtet, ein zweites spärlich. Wer wollte hier zur Schule gehen? Kein Wunder, dass sie geschlossen worden war.

Ich wollte gerade nach der geringfügig keimbesiedelten Pizza greifen, da bemerkte ich, dass ich etwas ganz anderes in der Hand hielt: eine Tasche vom Döner-König, voller Döner!

»Pizzakoooooopf!« Ein wütendes Heulen schallte die Auffahrt herauf. Döner-Prinzessin kam auf ihrem Fahrrad angerauscht, ihr Pferdeschwanz wippte auf und ab. »Du hast die falsche Lieferung mitgenommen, du Hohlbirne!«

Sie riss mir die Tasche aus der Hand und gab mir meine zurück.

»Deinetwegen mussten wir die ganze Ladung noch mal machen!«

»Das tut mir wirklich leid«, stammelte ich. »Ich weiß nicht, wie das –«

»Was *tust* du überhaupt hier? Niemand verirrt sich an diesen Ort!«

Ich seufzte und betätigte den Türklopfer, der die Form eines wütenden Löwen hatte.

»Hör zu … versprichst du mir, ein Geheimnis zu behalten?«

Prinzessin hob mit ernster Miene ihre Hand.

»Ich schwöre. Ich schwöre bei der Tahini-Soße meiner Mutter.«

»Eigentlich bin ich kein Pizzabote«, flüsterte ich und versuchte, möglichst seriös zu klingen. »Ich bin Privatdetektiv.«

Kapitel 2

»Privatdetektiv?«, schrie Döner-Prinzessin.

»Pst!«

Ich wollte sie gerade fragen, ob das etwa die ganze Welt da draußen mitbekommen sollte, da öffnete sich die Tür. Eine Dame mit spitzen Wangenknochen und grellweißem Haar starrte uns an.

»Mr Kingsley?«, blaffte sie.

»J-j-ja«, stammelte ich.

»Ich bin Major Marjorie.« Sie legte ihren Kopf schräg. »Und du bist wirklich Privatdetektiv, junger Mann?«

Ich nickte, doch sie schien nicht überzeugt.

»Und wer ist bitte schön diese junge Dame?«

»Döner-Prinzessin«, schaltete sich Prinzessin ein und streckte ihre Hand aus.

Major Marjorie schüttelte sie, als wäre es eine nasse Windel.

»Hmpf.«

»Gut … hier ist Ihre Pizza«, sagte ich und versuchte so, das Eis zu brechen. »Mit extra Anchovis.«

»Oh, ich kann Anchovis nicht aussehen, Mr Kingsley, aber wenn es das Codewort für Ihre Dienste ist – bitte schön. Kommen Sie rein, beide.«

Das Erste, was mir in der riesigen Eingangshalle auffiel, war der Geruch. Es war eine Mischung aus Lavendel, Tabak und noch etwas – irgendetwas Unangenehmem.

Sie führte uns einen holzvertäfelten Flur entlang und schwang ihre Arme wie ein aufgezogener Spielzeugsoldat. Unsichtbare Uhren tickten aufgeregt durcheinander und ich zählte verschiedene ausgestopfte Tiere. Major Marjorie blieb stehen und legte ihre zitternde Hand auf einen Türknauf.

»Was ihr gleich sehen werdet, Kinder, könnte euch schockieren und verstören.«

Sie öffnete die Tür einen Spaltbreit. »Mein geliebter Horace ist ... *besessen*.«

Ich versuchte mir gerade vorzustellen, was sie damit meinte, da schubste Prinzessin mich in das Zimmer.

Da war wieder dieser Geruch, aber diesmal stärker – wie verbranntes Plastik.

»Bäh!«, rief Prinzessin und fächelte die Luft weg.

Major Marjorie stieß einen langen, hohen Wimmerton aus. Sie starrte auf ein Porträt über dem Kaminsims. Darauf war der am irrsten dreinblickende Corgi abgebildet, den ich jemals gesehen hatte. Es war kaum zu glauben, aber seine Augen leuchteten. Ja, sie leuchteten – in einem verrückten roten Schein.

»Er ist besessen! Er ist besessen, Kinder!«, jammerte Major Marjorie. »Oh, was soll ich tun, Mr Kingsley? Verraten Sie es mir bitte!«

Ich versuchte, den dämonischen Hund mit den Laserstrahl-Augen anzusehen. Mir wurde übel und ich hatte das Gefühl, jeden Moment in Ohnmacht zu fallen. Prinzessin zupfte mir am Ärmel.

»Also, mir reicht das jetzt hier, Pizzakopf.«

Ich versuchte, einen kühlen Kopf zu bewahren, wie ein echter Detektiv. Ein Gemälde konnte nicht besessen sein, oder? War das einfach nur irgendein kranker Scherz? Wenn ja, wer würde sich mit jemandem anlegen, der sich selbst »Major« nennt? Der Corgi war selbst ohne die leuchtenden Augen unheimlich. Die Zunge hing ihm seitlich aus dem Maul und sein Fell war … tatsächlich drangeklebtes Fell. Die Augäpfel waren Glaskugeln, die so nach innen gerollt waren, dass es aussah, als würde er schielen. Ich holte tief Luft. Bei diesem penetranten Geruch konnte ich mich allerdings kaum konzentrieren.

»Major Marjorie, ich habe alles gesehen, was ich sehen muss.«

Das klang ziemlich detektivisch, fand ich.

»Sehr gut, Mr Kingsley.«

Ich nahm einen Stift und machte mir ein paar Notizen auf einer Speisekarte von Caesars Pizzeria.

»Richtig – Ihr Honorar.« Major Marjorie wühlte sich durch einen Stapel Prospekte und brachte drei ramponierte Pfundmünzen zum Vorschein.

»Das ist alles?«, fragte Döner-Prinzessin.

»Ähm … danke, Major Marjorie«, unterbrach ich sie. »Rufen Sie gleich morgen wieder in Caesars Pizzeria an und verlangen Sie extra Anchovis. Ich komme sofort.«

»Dann bis morgen, Mr Kingsley«, sagte Major Marjorie und führte uns hinaus.

Wir waren froh, wieder an der frischen Sommerabendluft zu sein. Major Marjorie winkte uns auf eine seltsam mechanische Art.

»So eine Spinnerin«, sagte Prinzessin, als wir davonradelten. »Wohin als Nächstes?«

Es kam mir nicht weiter komisch vor, dass sie mitkommen wollte. Aber Denken war an diesem Abend nicht meine Stärke.

Die zweite verdächtige Pizza war für Mr Biggs. Man konnte das Haus schon aus einem Kilometer Entfernung sehen – wahrscheinlich sogar aus mehreren Kilometern Entfernung. Oder sogar aus einem Flugzeug heraus.

An sich war es kein besonderes Haus. Was es so auffällig machte: Jeder Zentimeter war mit Weihnachtsdeko bedeckt. Es gab elektrische Stechpalmenblätter, leuchtende Schneemänner und große helle Glocken, die hin und her schwenkten. Es gab neonfarbenen Feigenpudding, flackernde Zuckerstangen und ultraviolette Socken. Auf dem Dach dann die absolute Krönung: ein riesiger Weihnachtsmann inklusive Schlitten. Nicht weiter ungewöhnlich zur Weihnachtszeit. Aber es war ein milder Juniabend.

»Boah«, staunte Prinzessin, als wir uns näherten.

»Aber echt«, sagte ich. »Die stehen *richtig* auf Weihnachten.«

Wir lehnten unsere Fahrräder gegen einen funkelnden blauen Iglu und klingelten.

Mrs Biggs öffnete uns. Sie trug einen Trainingsanzug und einer Dauerwelle wie aus den 1980er-Jahren.

»Haben Sie eine Mark-Anchovi-Pizza bestellt?«, fragte ich.

»Ja«, flüsterte sie und sah sich um. »Mit extra Anchovis.«

»Ich bin Detektiv Colin Kingsley. Das ist meine Kollegin, Döner-Prinzessin.«

Ich fühlte mich von Minute zu Minute professioneller.

Der Flur war ein einziges Durcheinander aus Prospekten, Sportjacken, Familienbildern und einem alles überragenden Weihnachtsbaum.

»Mr Biggs ist leider noch im Bett. Er erholt sich von dem Schock«, seufzte Mrs Biggs. Sie öffnete die Pizzaschachtel und schlang gleich ein Stück hinunter. »Sie haben ihm den Kopf abgehackt.«

»Wem?«, fragte Prinzessin panisch.

»Es war entsetzlich«, sagte Mrs Biggs. »Stirling ist aufs Dach geklettert, um zu sehen, ob mit dem Weihnachtsmann alles in Ordnung ist. Und irgendein widerwärtiger Rotzlöffel war dort und hat dem Rentier den Kopf abgehackt!«

»Oh wow«, sagte ich. »Können wir das Rentier sehen?«

»Wenn es hilft«, sagte Mrs Biggs, »aber es sieht nicht schön aus.«

Sie führte uns in die Garage, wo irgendein unförmiger Gegenstand in eine alte Decke gehüllt war. Mrs Biggs schlug sie langsam zurück.

»Ufff.«

Was wir da sahen, ließ sich kaum mehr als Rentier bezeichnen. Ohne Kopf und ohne Geweih war es einfach nur ein mit Glühlampen umrandetes Drahtgestell. Ich griff in meine Manteltasche und holte ein Paar Spülhandschuhe hervor. Ja, bevor jemand fragt: Die waren von Mum. Ich berührte den Hals und feines schwarzes Puder bröselte hinunter.

»Irgendeine Idee, Pizzakopf?«, fragte Prinzessin.

Ich war fasziniert, aber gleichzeitig sah ich schon wieder die Zeit davonrennen.

»Wir müssen jetzt leider gehen, Mrs Biggs. Ich werde mit weiteren Informationen wiederkommen –«

»*Wir* werden mit weiteren Informationen wiederkommen«, korrigierte Prinzessin mich.

»Melden Sie sich morgen in Caesars Pizzeria«, fuhr ich fort. »Und vergessen Sie nicht, extra Anchovis zu bestellen.«

»Danke, mein Lieber.« Sie drückte mir einen versifften Fünfer in die Hand. »Ihr geht jetzt besser nach Hause! Sonst denken eure Eltern noch, da läuft was Romantisches zwischen euch!«

»Würg!«, stieß Prinzessin aus. »Ganz bestimmt nicht.«

Ich hoffte, dass ich nicht zu rot wurde.

»Bis dann, Mrs Biggs.«

Die dritte verdächtige Pizza war die sonderbarste von allen. Sie war für eine Strandhütte bestimmt.

Aber als wir dort ankamen, war die Hütte verbarrikadiert und nichts deutete darauf hin, dass sie bewohnt war. Ich klopfte und wir warteten, obwohl das wahrscheinlich gar keinen Sinn hatte.

»Offensichtlich liegt hier ein Fehler vor«, motzte Prinzessin.

»Oder wir haben sie gerade verpasst.« Ich ließ mich auf die Türschwelle sinken.

»Super«, sagte Prinzessin wütend. »Echt super.«

Ich starrte aufs Meer hinaus und nahm ein Stück von der Pizza, extra Anchovis und alles.

Irgendwie wirkte das Wasser abends fast wie Schlamm, schwarz und glitzernd. Es lud nicht gerade dazu ein, mal kurz abzutauchen – schon gar nicht mit dem Geräusch, das die Steine verursachten, wenn sie von den Wellen hin und her geschoben wurden. Ich hatte mein zweites Stück fast aufgegessen, als ich unter dem Pier ein polterndes Geräusch vernahm. Ich hörte auf zu kauen, um besser hören zu können. Prinzessin sah mich mit hochgezogenen Augenbrauen an. Ich wagte mich hinunter und versuchte dabei, möglichst leise zu sein, doch leider ist Rufflington Beach ziemlich steinig. Heimlich über einen Kieselhügel zu klettern war in etwa so unauffällig wie, na ja, eben über einen Kieselhügel zu klettern. Knirsch. Was auch immer sich dort unten befand – es wurde aufgeschreckt.

Ich blinzelte und nahm den Umriss eines kleinen molligen Kindes wahr, das am Ufer entlangrannte.

»Warte!«, rief ich und stolperte ihm hinterher. »Warte! Warte!«

Das Kind wartete nicht. Und für jemanden, der so rundlich war, konnte es ziemlich gut sprinten.

»Im Ernst?«, keuchte Prinzessin und sprang neben mir her.

Wenn dieses Kind nicht wie der Blitz davongeschossen wäre, hätte ich mir wahrscheinlich überhaupt keine Gedanken darüber gemacht. Aber diese Panik ließ *mich* panisch werden. Der steinige Boden ging in festen Sand über, je näher wir dem Wasser kamen. Ich hatte das Kind fast erreicht. Doch als ich bei ihm war, wusste ich nicht, ob ich es zu Boden reißen sollte, wie die meisten Detektive es in dieser Situation getan hätten.

»Pack ihn an den Knöcheln«, schrie Prinzessin.

Diese Drohung ließ das Kind innehalten und es kauerte sich vor uns hin. Jetzt sah ich, dass es ein Junge war. Er hatte eine Stupsnase und kleine Knopfaugen. In der Schule hatte ich ihn noch nie gesehen.

»Was zum Teufel soll das?«, ächzte Prinzessin.

»Lass mich das erledigen«, unterbrach ich sie. »Hör zu, Kumpel, wir sollten hier eine Pizza ausliefern und alles, was wir sehen, bist du, der wie eine kleine Krabbe davonkrabbelt.«

Der Junge keuchte und kickte einen Stein weg.

»Weiß deine Mutter, dass du hier bist?«

Seine Knopfaugen sahen mich eindringlich an. »Weiß es deine?«

Autsch.

»Erzähl mir doch einfach, was du vorhattest … und, ähm, du bekommst Pizza von mir!«

»Ich habe einfach nur *gebuddelt* – hast du ein Problem damit?«

Er verzog das Gesicht wie ein Fußballer, der versucht, einen Schiedsrichter zu linken.

»Willst du diese Pizza haben, Junge?«

»Ich heiße Justin«, schnaufte er.

»Okay, Justin – warum hast du gebuddelt?«

»Ich habe sozusagen … etwas beerdigt.«

»Was beerdigt?«

Er drehte sich wieder Richtung Pier.

»Das wirst du nie erfahren. Und jetzt sowieso nicht.«

Sein Mund verzog sich zu einem schlecht sitzenden Grinsen. Die Flut kam immer näher und tiefschwarze Gischt schlürfte über die Stelle, an der er gebuddelt hatte.

Es hätte mich eigentlich nicht interessiert, was er beerdigt hatte – vielleicht einen toten Hamster oder schmutzige Unterhosen oder was weiß ich. Aber weil er es mir verheimlichte, interessierte es mich *doch*. Ich rannte zurück.

»Du bleibst mit ihm hier!«

Im Licht meines Handys erkannte ich eine leichte Unebenheit im Sand. Kaltes Wasser durchdrang meine Turnschuhe, als ich näher trat. Ich hatte keine Schaufel, also scharrte ich den Sand weg wie ein verrückter Biber. Die Wellen klatschten gegen meine Knie und dann über meine Ellbogen. Die Ecke von etwas, das sich wie ein gepolsterter Briefumschlag anfühlte, tauchte vom Grund auf. Ich griff danach. Der Inhalt war hart und schwer, aber bevor ich überlegen konnte, was es war, schlug mir eine Riesenwelle ins Gesicht. Ich hörte das Poltern der Steine, die zurückgesogen wurden, und das Donnern der näher kommenden Wellen. Ich musste blinzeln, ließ den Umschlag aber nicht aus den Augen. Ich zog noch einmal daran.

»Pizzakopf!«, hörte ich Prinzessin schreien.

WUSCH!

Dieses Mal hatte ich die Welle nicht einmal gesehen. Ich wusste nur, dass ich gerade von einer überrollt worden war. Sie drückte mich nach unten und schlug mich gegen die Steine. Ich versuchte aufzustehen, aber meine Beine waren bleischwer. Das Meer nahm noch einen Atemzug und saugte mich tiefer ein. Mein Hals wurde heftig zur Seite gerissen und dann nach oben. Prinzessin zerrte mit aller Kraft am Kragen von Mums Trenchcoat. Unsere Köpfe tauchte wieder auf und kalte Luft strömte in unsere Lungen. Irgendwie krabbelten wir aus dem Wasser und schoben uns am Strand in Sicherheit. Ich blickte nach unten und realisierte, dass ich immer noch den Umschlag in der Hand hielt.

»Daaaaanke«, keuchte ich schließlich. »Das war eine gaaaaanz schlechte Idee.«

»Das war die schlechteste Idee aller Zeiten.«

»Wo ist Justin?«

»Ach, heiliger Grillspieß! Er muss abgehauen sein, als du untergegangen bist.«

»Sieht so aus, als hätte er die Pizza mitgenommen«, stöhnte ich. »*Und* die Kebabs.«

Ich hievte mich hoch und reichte Prinzessin eine Hand. Ihre Handfläche war schwielig, aber auf eine gute Art.

»Danke, Pizzakopf.«

Wir gingen zu unserem Rädern und drehten uns noch einmal Richtung Wasser. Ich hätte dort ertrinken können, doch jetzt erschien alles eigenartig ruhig. Nur der schummrige Horizont und ein paar Rummellichter funkelten noch auf dem Pier. Lichter. *Moment!*

»Prinzessin – die Fälle –, sie ergeben jetzt einen Sinn für mich!«

»Welche Fälle?«

»Ich meine Major Marjorie und Mr Biggs. Da gibt es eine Verbindung!«

»Sie sind beide Spinner, meinst du?«

»Nein – die Lichter. Major Marjorie hat Lampen, die willkürlich aufleuchten, und Mr Biggs vermisst Lampen – sein elektrisches Rentier. Das muss –«

An diesem Punkt drehte sich Prinzessin um und ließ mich verstummen.

»Hör zu, Pizzakopf. Versprichst du, ein Geheimnis für dich zu behalten?«

»Ähm … sicher«, murmelte ich verblüfft.

»Ich bin eigentlich keine Dönerverkäuferin«, sagte sie langsam. »Und dein Leben wird sich für immer verändern.«

Ich wollte sie fragen, was sie damit meinte, als wir von den Scheinwerfern eines großen kastenförmigen Autos überrascht wurden und von einer Stimme, die uns von hinter dem Steuer aus anschrie.

Kapitel 3

»Colin Kingsley. Du steckst in sehr, SEHR großen Schwierigkeiten!« Die kreischende Stimme war wie ein Feueralarm, von dem niemand wusste, wie man ihn abstellte. Wie konnte ein Mensch so einen schrillen, durchdringenden Ton erzeugen? Die Herkunft war unverkennbar. Mein Gesicht brannte wie Feuer, als sich die Tür öffnete und wieder zugeschlagen wurde und eine schemenhafte Gestalt auf uns zugerannt kam.

Prinzessin sah mich an.

»Ist das deine Mutter?«

Natürlich war das meine Mutter. Und in diesem Augenblick sah sie aus wie ein Vulkan, der gerade ausgebrochen war und einen Schwall Lava über die Dorfbewohner jagte. Die Dorfbewohner – das war in diesem Fall ich.

»Was *zum Teufel* tust du hier?«, kreischte sie. »Du solltest um neun zurück sein! Dein Vater und ich sind bald umgekommen vor Sorge. Kein Anruf, keine Nachricht …«, sie sah Prinzessin an, »… und dann finde ich dich hier, am Strand, um 22 Uhr, HERUMSCHMUSEND!«

Ich hatte das Gefühl, meine Haut würde schmelzen, so heiß

war mein Gesicht. Prinzessin spreizte ungläubig die Finger auseinander.

»Oh. Mein. G–«

»Das ist genug, Fräulein! Ihr geht jetzt beide nach Hause!«

»Aber Mum«, begann ich.

»Steig ins Auto!«, brüllte sie mich an.

Sie verfrachtete Prinzessin auf den Beifahrersitz und mich auf die Rückbank.

»Du bist komplett durchgeweicht, Colin.«

Wir tuckerten den verlassenen Strand entlang, dann über die Kreuzung und an den Bahnbogen vorbei. Beim Döner-König ließen wir Prinzessin raus, die zum Abschied nicht mal winkte. Auf der Brayne Road sah man durch die Fenster der Häuser die Fernsehbildschirme flackern. Ich dachte an all die Familien, die vorm Zubettgehen ihre heiße Schokolade tranken. Mir wurde bewusst, a) wie durchgefroren ich war und b) wie wenig mir der Sinn nach Schlafen stand.

Ich blickte in den Seitenspiegel und beobachtete Mums Gesicht. Ihr Zorn verrauchte langsam und ihr Blick wirkte besorgt.

»Tu das nie wieder, Colin.«

Ich versuchte, mich zu entschuldigen, aber es kam einfach nur Schweigen heraus.

Wir parkten das Auto an der Pizzeria und gingen die Hintertreppe zur Wohnung hoch. Mein Vater wartete in seinem Bademantel auf dem Flur. Seine dünnen Beine und die zu langen Fußnägel nahmen nichts von der Ernsthaftigkeit seines Gesichts. Er deutete auf das Schlafzimmer.

»Rein mit dir«, murmelte er zähneknirschend. Er setzte sich auf die Bettkante und sah mich an. Meine Mutter riss mir den nassen Trenchcoat vom Körper und bearbeitete mich mindestens genauso energisch mit einem Handtuch, wie es vorhin die Wellen getan hatten.

»Was ich gerne wissen möchte«, sagte mein Vater langsam. »Warum hat Mrs Biggs hier angerufen und gefragt, wo du bleibst?«

Ich konnte ihm nicht in die Augen sehen, also blickte ich auf seine Fußnägel. Mannomann, die mussten wirklich mal geschnitten werden.

»Das war eine Dreiviertelstunde, nachdem du losgefahren bist.« Er machte eine Kunstpause, als meine Mutter das Handtuch wegnahm. »Eine Dreiviertelstunde«, wiederholte er überdeutlich.

»Ich habe ... meine Fahrradkette ist abgesprungen und deswegen ... hatte ich Verspätung.«

»Wie bitte?« Sein Blick durchbohrte mich.

»Mein Rad ist kaputt ...«

»Jetzt gib nicht dem Fahrrad die Schuld, junger Mann«, kreischte meine Mutter. »Du kannst froh sein, dass du überhaupt ein Fahrrad besitzt!«

»Deine Mutter hat recht«, fügte mein Vater hinzu. »Das Fahrrad ist keine gute Ausrede, Colin. Zehn Minuten für jede Auslieferung, höchstens. Es ist keine sonderlich große Stadt, oder?«

»Hör zu, Colin«, sagte meine Mutter, während sie sich Creme ins Gesicht schmierte. »Du musst das verstehen. Caesars Pizzeria hat es im Moment nicht leicht. Du hast sicher schon die Risse in den Wänden gesehen, die Löcher in der Decke.«

Die Gesichtscreme wirkte wie Kriegsbemalung, bevor sie sie einrieb.

»Und das bedeutet, dass wir unsere Kunden nicht eine Dreiviertelstunde lang auf ihre Pizza warten lassen können.«

»Das heißt: nicht trödeln!«, sagte mein Vater.

»Cosmas –«

»Was?«

»Er war … mit einem Mädchen unterwegs.«

»Würg …« Ich stöhnte und drehte mich um, um das Zimmer zu verlassen.

»Hiergeblieben!«, bellte mein Vater. »Ein Mädchen?«

»J-ja.«

Meine Mutter wurde leicht rot unter ihrer Gesichtscreme, aber den Ausdruck meines Vaters übersetzte ich mit: ein Mädchen? Colin? Unwahrscheinlich.

»Ein Teil von mir denkt, wir sollten deine Klassenfahrt nach Rom morgen canceln. Wie würdest du das finden?«

Eigentlich war es mir ziemlich egal. Das wären ohnehin nur fünf Tage mit Mr Hogsteins Geschwafel über irgendwelche alten zerfallenen Sehenswürdigkeiten. Meine Eltern hatten die seltsame Vorstellung, dass alte zerfallene Sehenswürdigkeiten »gut« für mich wären.

Meine Antwort war einfach nur ein Schniefen.

»Ich glaube, es wäre wirklich peinlich, wenn du diese Reise verpasst, Colin. Meinst du nicht?«

Ich schniefte noch einmal.

»Colin«, seufzte meine Mutter. »Es ist spät und du solltest

jetzt ins Bett gehen. Aber versprich uns, dass das nie wieder vorkommt, ja?«

»Okay.«

»Was okay?«

»Okay, ich verspreche, dass das nie wieder vorkommt«, wiederholte ich wie ein Roboter.

»Bitte weck deine Schwester nicht auf.«

Ich ging zur Tür hinaus und in mein Zimmer. Alicias Schnarchen klang eher nach einem Maschinengewehr als nach einer Siebeneinhalbjährigen. In diesem Moment wünschte ich mir, dass ich wieder siebeneinhalb sein könnte. Ich wünschte, ich müsste mir keine Gedanken über besessene Corgis und zerstörte elektrische Rentiere und Beerdigungen am Strand machen. Und von Pizza hatte ich ebenfalls die Nase voll.

Ich zog meinen Schlafanzug an und rollte mich unter der Decke zusammen, doch wie ich mich auch drehte – ich fühlte mich wie auf einem Nagelbrett. Ich dachte an Dads hochgezogene Augenbrauen und den sorgenvollen Blick meiner Mutter. Ging es Caesars Pizzeria wirklich schlecht? Was würden meine Eltern tun? Ich strampelte die Decke weg, nahm meine Umhängetasche und ging auf Zehenspitzen runter in die Pizzeria.

Der Boden schimmerte, nachdem Dad ihn gewischt hatte. Obwohl er mit einigen Dingen etwas schludrig war – mit Soßen zum Beispiel oder mit dem Schmieren von Butterbroten –, das Wischen von Fußböden beherrschte er perfekt. In langsamen, vorsichtigen Bahnen strich er mit seinem Mopp über die rotbraunen Fliesen. Die Pizzaschachteln waren ordentlich gestapelt, die Arbeitsflächen abgewischt und die Behälter mit den verschiedenen Belägen mit Folie abgedeckt und in den großen Kühlschrank gestellt. Ein Ventilator summte friedlich vor sich hin. Die Statue unseres Maskottchens – ein mit einer Toga bekleideter Fisch namens Markus Anchovius, überblickte die Szenerie.

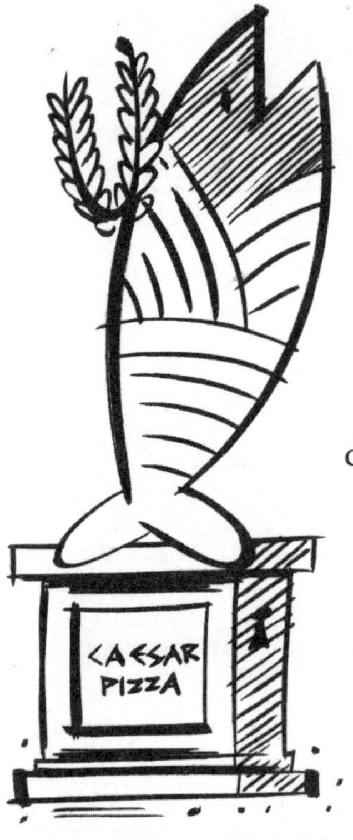

Irgendwann hat er mal ein Lied gesungen, wenn man eine Münze in sein Maul gesteckt hat. Aber niemand tat das heutzutage noch.

Ich öffnete die Kasse und legte den Verdienst meines ersten Ermittlungstages hinein. Acht Pfund. Nicht sonderlich viel, aber besser als nichts. Dann fiel mir plötzlich wieder der Umschlag ein! Er war immer noch in meiner Umhängetasche, feucht von seinem Tauchgang.

Ich ging zurück in mein Zimmer, zog mir die Decke über den Kopf und beleuchtete ihn mit meiner Handytaschenlampe.

»Coliiiinnnnnn«, brummte Alicia.

Ich öffnete den Umschlag und heraus glitt ein großes Buch. Durch das Wasser war es etwas in Mitleidenschaft gezogen worden, aber es wirkte trotzdem noch wie ein kunstvolles Werk. Der Umschlag war pflaumenblau mit goldener Schrift versehen.

Der G.P.V.: Handbuch für Anfänger

»Coliiiinnnnnn«, knurrte Alicia wieder. »Ich sage es Mum und Dad.«

»Einen Moment noch, Al.«

Die Seiten waren von der Feuchtigkeit etwas gewellt, aber ich sah Diagramme und Karten und Bilder von wichtig aussehenden Leuten in altmodischen Anzügen. Warum hatte Justin ein Buch am Strand vergraben?

»Arrrrgh!«, schnaufte Alicia. »Ich sag's!«

»Okay, okay«, antwortete ich. Ich schlug das Buch zu und wollte es gerade auf den Boden legen, als ein Blatt Papier herausfiel. In der oberen rechten Ecke befand sich ein sonderbares Logo, wodurch das Ganze ziemlich offiziell wirkte.

Und auf dem Zettel stand:

Glückwunsch, du hast den ersten Test bestanden.
Komm runter in die Gasse.
D.P.

PS: D.P. bedeutet Döner-Prinzessin. D.P.

Und damit beginnt meine *eigentliche* Geschichte.

Kapitel 4

Ich blinzelte und las es noch einmal: *Komm runter in die Gasse*. Mein Herz raste – mochte sie mich etwa? Ich zog die Gardinen zurück und starrte aus dem Fenster. Zuerst konnte ich Prinzessin kaum erkennen, aber dann sah ich ihren gelockten Pferdeschwanz, der von ihrem Kopf abstand wie eine Comic-Rauchwolke.

»Ich hole mir nur schnell etwas zu trinken«, flüsterte ich Alicia zu. Unten warf ich mir den Trenchcoat über, biss die Zähne zusammen und betete, dass die Hintertür nicht quietschte.

»Hier drüben, Anchovi.«

Es war Prinzessin. In diesem Moment kam mir gar nicht in den Sinn, sie zu fragen, warum sie mich Anchovi nannte.

Bis vor Kurzem war ich für sie schließlich noch Pizzakopf gewesen.

»Was tust du hier? Ist es wegen vorhin? Es tut mir wirklich leid, wenn du meinetwegen in Schwierigkeiten steckst, ich bin wirklich –«

»Dafür haben wir keine Zeit, Anchovi«, zischte sie. »Es gibt wichtige Arbeit zu erledigen.«

»Arbeit? Ich muss schlafen – ich fahre morgen auf Klassenfahrt.«

»Anchovi – diese Gelegenheit bekommst du *nie* wieder in deinem Leben.«

Obwohl ich ihr Gesicht kaum sehen konnte, spürte ich, dass sie es ernst meinte. Und dass das hier kein romantischer Besuch war. Ich folgte ihr aus der Gasse heraus und die Brayne Road hoch, bemüht, mit ihr Schritt zu halten. Im Schein der Straßenlaternen stand ein verdreckter Bus. Es gab keine Bushaltestelle und auf dem Schild in der Windschutzscheibe stand: *Nicht einsteigen*.

»Steig ein«, sagte Prinzessin.

»Was?«

»Im Ernst. Steig ein.«

»Aber da steht doch –«

»Anchovi«, Prinzessin drehte sich zu mir und nahm zum zweiten Mal an diesem Abend meine Hand. »Vertrau mir.«

Bei genauerem Nachdenken hätte ich wahrscheinlich einen Rückzieher gemacht. Aber ich dachte nicht nach. Ich stieg einfach ein und Prinzessin folgte mir. Ich schaute die Fahrerin an, doch sie erwiderte meinen Blick nicht. Alles, was ich sah, war ein Kopf mit wuscheligen Haaren sowie ein riesiger orangefarbener Parka. Wahrscheinlich nicht unbedingt die offizielle Busfahrerinnenuniform.

Der Bus setzte sich in Bewegung und trudelte durch Ruffington.

»Heb dir deine Fragen für später auf«, sagte Prinzessin. »Das wird uns allen viel Zeit sparen.«

Allen?

Schon bald hatten wir den Stadtrand erreicht: traurige Asphaltflächen, auf denen verlassene Planierraupen standen. Ich entdeckte die alte Bowlingbahn, *Lightning Strikes*. Ich glaube, meine Eltern hatten dort ihr erstes Date – aber jetzt stand sie leer. Der Bus wurde langsamer und hielt an. Prinzessin gab mir ein Zeichen auszusteigen und ich sah mich um. Überall waren Absperrungen und Baustellenschilder, auf denen »Betreten verboten« und »Gefahr« stand. Und wieder gab es keine Bushaltestelle.

»Hier drüben, Anchovi.«

Prinzessin krabbelte durch ein quadratisches Loch im Maschendrahtzaun, das aussah wie der Zugang zu einem Hasenkäfig. Ich folgte ihr und wir gingen Richtung Bowlingbahn. Es war ein seltsames, klotziges Gebäude mit schiefem Schriftzug. Höchstwahrscheinlich war das »modern« gewesen, als es gebaut worden war. Jetzt sah es einfach nur schrecklich aus. Prinzessin stieß eine Doppelflügeltür mit runden Fenstern auf und wir betraten einen Flur mit Schachbrettmuster. Zu meiner Rechten hingen Bilder von Leuten mit dreieckigen Brillen und Hosen bis unter die Achseln. Unter einem stand: *Rufflington Ten Pin Bowls Team 1957*. Zu meiner Linken stand ein staubiges Regal mit schwarz-roten Turnschuhen.

Prinzessin zog sich ein Paar an.

»Nimm dir welche«, flüsterte sie.

»Wollen wir Bowlen gehen?«

Sie zog ihre Schnürsenkel fest und sah mich an. »Was glaubst du, ist das hier, Anchovi? Ein *Date?*«

Ich griff nach einem Paar in meiner Größe und warf einen Blick nach vorne. Am Ende des schummrigen Flurs stand ein edel gekleideter Mann mit dem Rücken zu uns. Sein glattes Haar schimmerte im Licht einer Verkaufsmaschine. Von irgendwoher wurde das Gemurmel einer Menschenmenge lauter.

»Anchovi«, sagte Prinzessin mit erhobener Stimme. »Ich möchte dich jemand sehr Wichtigem vorstellen. Sein Name ist General Schlüssel.«

Jetzt, wo wir näher gekommen waren, erkannte ich, dass seine Robe in Wirklichkeit ein seidener Morgenmantel war. Seine Füße steckten in paillettenbesetzten Schlappen. Er drehte sich um.

»Mr Anchovi.«

Ich hatte einen unheimlichen älteren Mann erwartet – aber er war nur ein paar Jahre älter als ich. Er hatte ein mandelförmiges Gesicht mit verschiedenfarbigen Augen; eins war braun, das andere blau.

»Ich bin General Schlüssel. Geschäftsführender Präsident des G.P.V.« Seine Stimme hatte irgendwie etwas Beruhigendes.

»G.P.V.?«, fragte ich.

»Der Goldene Pfannenwender Verband.«

Mir fiel das Muster auf seinem Morgenmantel auf – lauter gelbe Pfannenwender auf einem purpurfarbenen Untergrund. »Du hast sicher noch nichts von uns gehört. Wir sind die größte existierende Geheimorganisation von Gastronomie-Detektiven. Willkommen.«

Er deutete mit einer juwelenbesetzten Hand in Richtung der Bowlingbahnen. Ich erwartete einen großen staubigen Raum mit krummen Holzdielen und zerschlagenem Glas.

Stattdessen ertappte ich mich dabei, wie ich mit offenem Mund vor mich hin starrte. Vor mir lagen etwa ein Dutzend Bowlingbahnen, jede mit einem langen schmalen Tisch über die Länge der gesamten Bahn. An den Tischen saßen Hunderte Kinder, die fröhlich plapperten. Sie trugen alle irgendeine Uniform – die Uniformen passten allerdings nicht zusammen. Ich schätzte, dass sie etwa mein Alter hatten. Es kam mir vor wie die Schulkantine, aber ohne einen einzigen Erwachsenen. Außerdem war das hier etwas anspruchsvoller als unsere Schulkantine. Die Tische waren für die größte und schickste Dinnerparty ausgelegt, die ich je erlebt hatte. Es gab violette Tischdecken, weiße Servietten mit purpurfarbenem Rand und goldene Pfannenwender, die in Diamantenform angeordnet waren. Was sollte das Getue mit den Pfannenwendern?

General Schlüssel glitt zum Kopfende eines Tisches. Prinzessin saß zu seiner Linken und schob mich an die gegenüberliegende Seite.

»Bitte verzeih mir meine Unhöflichkeit, Anchovi«, sagte General Schlüssel. »Unsere Konferenz findet diesmal in Ruffington-on-Sea statt, und wir dachten, das wäre die perfekte Gelegenheit, dich willkommen zu heißen. Wir haben dich einige Zeit beobachtet.«

»Mich?«

»Ja, Anchovi. Dich. Wir haben jede deiner Bewegungen verfolgt.«

»Jede Bewegung?«

Ich hoffte, er meinte damit nicht meine Beatbox-Imitation beim Zähneputzen.

GSL

»Wir wissen eine ganze Menge über dich, Anchovi.«

»Jetzt guck nicht wie ein aufgescheuchtes Huhn!«, spottete eine Stimme von der anderen Seite.

Ich blickte auf und fiel fast vom Stuhl. Es war Justin, der nervtötende Junge vom Strand. Sein teigiges Gesicht ragte kaum über den Tisch.

»Was machst *du* denn hier?«

»Ich arbeite als Detektiv für den G.P.V., sozusagen«, antwortete Justin. Er zwinkerte und formte mit Zeigefinger und Daumen eine Pistole. »Also verzieh dich, Fisch-Atem.«

»Trinkpäckchen oder Justin, als den du ihn wahrscheinlich kennst«, sagte General Schlüssel, »macht seine Aufnahmeprüfung beim G.P.V.« Er sah Justin an. »Ein Anwärter, noch kein Detektiv, Trinkpäckchen. Du kannst auch deine Prüfung beginnen, Anchovi. Mit großer Wahrscheinlichkeit wirst du eines Tages ebenfalls Detektiv sein.«

»Ich auch!«, brüllte Justin, aber niemand beachtete ihn.

Prinzessin flötete: »Die Sache ist die, Anchovi … also, diese drei Fälle waren alle … na ja … nicht echt. Sorry.«

»Nicht echt?«, rief ich. »Das kann nicht sein!«

»Ich mag deinen Kampfgeist, Anchovi«, sagte General Schlüssel. »Aber Prinzessin hat recht. Dich vom Fahrrad zu stoßen, die Taschen auszutauschen – alles Routinemanöver, die wir dir natürlich beibringen können. Die drei Fälle waren, sagen wir, allererste ›Tests‹. Der manipulierte Corgi, das zerstörte Rentier und, zu guter Letzt, das vergrabene Handbuch am Strand. Wir mussten sowohl deinen Grips als auch deine körperliche Ausdauer testen.«

Ich ließ mich in meinen Stuhl zurückfallen.

»Aber du hast diese drei Tests mit Bravour bestanden.«

»Ich habe ihm ein wenig geholfen, General Schlüssel«, schaltete sich Prinzessin ein.

»Ja, na gut, das erwarte ich auch von einer Ausbilderin deines Rangs«, sagte General Schlüssel. »Anchovi – erzähl uns doch mal, was dir bei diesen Fällen aufgefallen ist.«

Ich setzte mich gerade hin und konzentrierte mich. Dann schloss ich die Augen und rief mir die Bilder ins Gedächtnis. Ich pflückte sie auseinander und begutachtete sie wie Standbilder. *Colins Gehirn hat etwas von einer Filmkamera*, hatte der Arzt mal zu meinen Eltern gesagt.

»Na ja – in Major Marjories Haus hat es irgendwie seltsam gerochen«, begann ich. »Nach Lagerfeuer, rußig – und ein bisschen nach Plastik. Ich dachte, es hätte etwas mit dem Feuer zu tun – oder dem Kamin. Vielleicht hat gar nicht das Bild rot aufgeleuchtet, sondern etwas im Kamin, *hinter* dem Corgi? Und dieses etwas war der Kopf des Rentiers, das auf dem Dach der Biggs fehlte. Hab ich recht?«

General Schlüssel lächelte freundlich.

»Und Moment –«, sagte ich, als ein weiteres Standbild in meinem Kopf erschien. »Sowohl bei den Biggs als auch bei Major Marjorie lagen Werbeprospekte für Schornsteinfeger im Flur – Schornsteinfeger! So seid ihr dort hineingekommen!«

»Ich hatte recht, Prinzessin – dieser Junge ist gut«, sagte General Schlüssel. »Anchovi, du hast uns gezeigt, dass du perfekt für den Goldenen Pfannenwender Verband geeignet bist. Alle hier haben zwei Dinge gemeinsam. Erstens: Sie arbeiten stundenweise in der Gastronomie. Zweitens: Sie haben alle irgendeine besondere Fähigkeit.« Er deutete auf die anderen Tische. »Meine ist die Unterwanderung. Ich kann dich überall hineinschmuggeln. Und ich meine *wirklich* überall. Egal, welche Sicherheitsvorkehrungen, egal, welche Situation. Ich arbeite als privater Sushi-Koch und werde von exklusiven Kunden engagiert.«

»Ich kann schnell rennen«, rief Justin. »Und ich kann –«

»Ja, Trinkpäckchen. Das wissen wir alles.«

General Schlüssel nickte in Richtung zweier Mädchen mit pink und blau gefärbten Haaren.

»Siehst du diese eineiigen Zwillinge? Yaconda und Yelena.«

Bei »eineiig« war ich mir nicht ganz sicher. Jeder konnte sehen, dass Yelenas Grübchen bestimmt sieben Millimeter größer war als Yacondas.

»Sie zeigen sich den Kunden nur durch ihre Stimmen, denn sie sind extrem begabte Impressionistinnen. Egal, welche Stimme – männlich oder weiblich, tief oder hoch, rauchig oder näselnd –, sie können es.«

Die Zwillinge sahen mich an und lächelten.

»Schön, Sie kennenzulernen, Mr Anchovi!«

Ich erstarrte. Sie redeten mit meiner Stimme – und zwar perfekt. General Schlüssel gluckste.

»Außerdem können sie mehrere Sprachen fließend sprechen. Immer, wenn wir irgendeinen Anruf vortäuschen müssen, erledigen das die Zwillinge.«

Dann deutete er auf einen Jungen mit einem wolkenartigen Haarbausch auf dem Kopf. Er schien gerade den Inhalt seiner Nasenlöcher ans Tageslicht zu befördern.

»Das ist Camillo. Italienischer Supernerd.«

Ich beobachtete, wie er den Rotz auf seinem Fingernagel in Augenschein nahm und ihn dann an der Tischdecke abwischte.

»Er hackt uns in alle verschlüsselten Netzwerke ein und sichert uns die gesamte Online-Korrespondenz«, erklärte General Schlüssel. »Ehrlich gesagt verstehe ich nicht, wie jemand so viel Zeit damit verbringen kann, auf einen Computerbildschirm zu starren. Er baut auch Roboter.«

»Meine Fähigkeit«, sagte Prinzessin, »ist Urkundenfälschung. Das ging schon in der Schule los, als ich für die anderen Entschuldigungen geschrieben habe. Ich liefere jedes Fake-Dokument, das der G.P.V. benötigt.«

Ich dachte an ihre flinken Finger, die die Wraps zusammenrollten.

»Und deine Fähigkeit, Anchovi«, sagte General Schlüssel, »ist dein Gedächtnis. Du hast eine außergewöhnliche Gabe.«

»Sie meinen mein Gehirn, das wie eine Filmkamera funktioniert?«

»Ja, das könnte uns dabei helfen, große Informationsmengen zu sammeln. Außerdem passt du als Pizzaboten-Privatdetektiv – oder sollen wir lieber Pizzadetektiv sagen? – perfekt zu uns.«

»Was soll dieser ganze Gastronomiekram? Warum seid ihr nicht einfach nur Detektive?«

General Schlüssel seufzte und sah Prinzessin an.

»Denk mal drüber nach, Anchovi«, sagte Prinzessin. »Wir sind praktisch unsichtbar.«

»Niemand nimmt einen Kellner oder einen Koch wahr«, fuhr General Schlüssel fort. »Die Leute sehen zwei gesichtslose Hände, die ihnen Essen servieren.«

»Stell dir ein superprotziges Hotel vor«, erklärte Prinzessin. »Und dort ist ein Diamantenschmuggler abgestiegen. Oder ein korrupter Fußballfunktionär. Oder ein potenzieller Präsidentenattentäter.«

»Das wäre ein ziemlich gefährliches Hotel.«

»Halt die Klappe und hör mir zu. Wer hat Zugang zu all diesen Menschen? Nicht die Polizei. Kein als Hotelgast getarnter Spion. Nein. Aber die Bediensteten des Hotels. Das sind die Leute, die um drei Uhr nachts irgendeine Bestellung aufs Zimmer bringen. Die Leute, die neben diesem Diamantenschmuggler stehen und die Croissants anrichten, während er sich Notizen auf seiner Serviette macht. Die *unsichtbaren* Leute.«

»Und jeder vertraut Kindern. Immer«, sagte General Schlüssel. »Was natürlich ein Fehler ist.«

»Du hast das G.P.V.-Handbuch bekommen«, sagte Prinzessin. »Da steht alles Wichtige drin.«

»Wann essen wir endlich?«, brüllte Justin.

General Schlüssel verdrehte die Augen, erhob sich von seinem Stuhl und klatschte in die Hände. Alle verstummten.

»Freunde. Ihr hattet alle eine weite Anreise in diese verschlafene kleine Stadt. Herzlich willkommen.«

Yelena und Yaconda standen auf und wiederholten seine Worte auf Französisch, Italienisch, Spanisch, Russisch, Japanisch, Griechisch und verschiedenen anderen Sprachen. Es dauerte eine Weile. Dann fuhr General Schlüssel fort.

»Heute heißen wir einen neuen Anwärter willkommen – Mark Anchovi!«

Hunderte Augenpaare starrten mich an und mein Gesicht wurde feuerrot. Es war noch schlimmer als der Moment, als ich mal bei der Schulversammlung gefurzt hatte.

»Ich heiße Colin«, flüsterte ich General Schlüssel zu.

Er beachtete mich nicht.

»Es ist schon spät, Freunde, und ich will nicht lange herumschwafeln. Ich möchte einfach nur unseren Neuankömmling willkommen heißen. Und denkt immer daran: Aureum in spatha est, vivat spatha!«

An meiner Schule gab es kein Latein – oder was auch immer das war –, aber dieser Spruch ließ alle Kinder jubeln und ihre Getränke erheben. Es waren Dosen mit Sprudel, die sie schüttelten und deren Inhalt sie herumspritzten wie Formel-1-Fahrer. Dann hörte ich einen Knall neben mir. Es war eine Bowlingkugel, die über das Laufband in die kleine Maschine zurückgerollt kam.

»Schnapp dir eine«, sagte Prinzessin.

Ich steckte Mittelfinger und Daumen in die Löcher und hob eine kaugummipinke Kugel hoch. Prinzessin nahm eine rote mit weißen Wirbeln.

»Öffne sie.«

Ich blickte genauer hin – da war tatsächlich ein Spalt in der Kugel. Ich drehte die obere Hälfte ab. Zum Vorschein kam eine Art kleines Tablett mit verschiedenen Unterteilungen. Darin befanden sich unterschiedliche Speisen: kleine Pizzastücke, Würstchen in Blätterteig, Obstsalat und darunter ein paar Süßigkeiten.

»Bitte greif zu«, sagte General Schlüssel.

Ich stellte fest, dass ich ziemlich hungrig war. Alle stopften den Inhalt ihrer Bowlingkugeln in sich hinein. Ein paar Leute – wie Justin – nahmen eine zweite oder sogar eine dritte Kugel.

Ich war froh, dass wir alle einfach nur das Essen hinunterschlangen – ein paar Kinder kamen später nach und sorgten dafür, dass nicht mehr alle Blicke auf mich gerichtet waren. Ich schnappte ein paar Gesprächsfetzen auf:

»War für den Botschafter in Budapest. Habe ein paar Gangstern Gulasch serviert.«

Oder: »New York, ja. Da darfst du wirklich niemals die Brezeln von einem Straßenstand essen. Ich war undercover unterwegs und habe gesehen, wie einer der Verkäufer ins Öl gepinkelt hat. Die Dokumente wurden am Stadion der Knicks ausgetauscht.«

Oder: »Ich war bei einem Mordversuch im Opernhaus von Sydney dabei. Musste ein paar vergiftete Canapés abfangen.«

Diese Gastronomie-Detektive kamen ganz schön herum, dachte ich.

Irgendwann wurden die leeren Kugeln zurück in Richtung der Kegel gerollt – ich vermutete, dass unter den Bahnen irgendwelche Helfer standen. Bald ließen sich alle zurück in ihre vornehmen Stühle fallen und rülpsten glücklich. General Schlüssel tupfte sich den Mund mit einer Serviette ab und drehte sich zu mir.

»Darf ich ein paar Worte unter vier Augen mit dir wechseln, Anchovi?«

Kapitel 5

General Schlüssel und Prinzessin führten mich zu einem kleinen Kiosk im hinteren Bereich. In den glorreichen Zeiten der Bowlingbahn war das sicherlich das Kassenhäuschen gewesen. Im Inneren standen drei Stühle und ein kleiner Schreibtisch. Darauf lagen ein Füller, ein Fässchen violetter Tinte und eine Bowlingkugel. General Schlüssel ließ sich in den ramponierten Drehstuhl sinken und gab Prinzessin und mir das Zeichen, dass wir uns setzen sollten. An der Wand hinter ihm befanden sich goldene Pfannenwender, die wie ein Diamant angeordnet waren.

»Wie geht es dir, Anchovi? Ganz schön viele Eindrücke, oder?«

»Ja, mein Kopf tut schon ein bisschen weh.«

»Ich halte es kurz.«

Er öffnete die Bowlingkugel und nahm eine kleine goldene Teekanne heraus.

»Tee?«

»Ähm ... okay.«

Er gab mir eine dampfende Tasse. Es roch mehr nach Parfüm als nach Tee. Dann holte er eine Mappe mit Papieren hervor.

»Wir möchten dich ausdrücklich einladen, Mitglied des Goldenen Pfannenwender Verbandes zu werden. Du würdest eine Ausbildung als Gastronomie-Detektiv beginnen, Prinzessin wäre deine Betreuerin. Ich wäre dein Mentor und Manager.«

Ich nickte verwirrt.

»Das ist ein gefährliches Dasein, Anchovi. Wir akzeptieren deine Entscheidung, wenn du mein Angebot ablehnst.«

»Man verdient allerdings sehr gut«, sagte Prinzessin.

»Auf deinen Lohn wären andere neidisch«, stimmte General Schlüssel zu. »G.P.V.-Mitglieder gehen normalerweise mit 16 in den Ruhestand und müssen üblicherweise nicht mehr arbeiten.«

»Wir reden hier vom großen Geld«, sagte Prinzessin. »Außerdem kannst du die ganze Welt bereisen.«

»Aber wir erwarten eine Menge von dir, Anchovi«, sagte General Schlüssel mit fester Stimme. »Ich möchte betonen, dass dies eine von privater Seite gegründete Organisation ist, die mit den mächtigsten Menschen der Welt zusammenarbeitet.«

Ich lachte, aber General Schlüssel guckte das erste Mal an diesem Abend böse. Er hielt einen beringten Finger in die Höhe.

»Anchovi – nimm das nicht auf die leichte Schulter. Die erste Regel des G.P.V. lautet, nichts einfach kritiklos hinzunehmen. Lach ruhig. Aber du wirst bald realisieren, wie wenig lustig es ist, wenn dein eigenes Leben in Gefahr ist.«

»Tut mir leid.«

»Nimmst du dieses Angebot an, Anchovi? Wirst du den

Weg des G.P.V.s gehen? Willst du Gastronomie-Detektiv werden und ein Leben in Luxus und gleichzeitig in immenser Gefahr führen?«

Ich starrte auf die Wand hinter ihm, auf die dort angebrachten Pfannenwender. Ich dachte an das Leben, das ich noch vor 24 Stunden geführt hatte. Geschichtshausaufgaben. Packen für die Klassenfahrt. Ausliefern verdächtiger Pizzen. Ich dachte an meine Eltern – welche Sorgen sie sich gemacht hatten, als ich zu lange weggeblieben war. Aber was würde passieren, wenn ich Nein sagte? Wenn ich den G.P.V. nie wieder sähe? Ich würde den Rest meines Lebens Pizza ausliefern. Und mit meiner Detektivarbeit in Rufflington kam ich nicht wirklich weit. Die Fälle der Familien Biggs und Marjorie waren nicht mal echt gewesen.

Ich sah Döner-Prinzessin an. Sie erwiderte meinen Blick mit ihren großen dunklen Augen.

»Und?«

Ich schluckte.

»Ich bin dabei.«

Prinzessin lächelte und sah General Schlüssel an.

»Da sind wir aber froh«, sagte er und nahm einen Schluck seines duftenden Tees. »Bitte unterschreib hier.«

Er schob mir die Papiere und den Füller rüber.

»Was ist das?«

»Dein Vertrag und dein erster Auftrag, deine Prüfung sozusagen. Es geht sofort los.«

»Okay …«, sagte ich.

»Wir möchten, dass du nach Italien fährst.«

»Das habe ich sowieso vor.«

»Und wenn du dort bist, lieferst du Pizza aus.«

»Also im Grunde genommen das, was ich jetzt tue, nur in Italien?«

»Nein, Anchovi. Das wird etwas vollkommen anderes sein.«

»Alles klar, aber ich heiße Colin.«

»Dein Name wird Mark Anchovi sein. Innerhalb dieser Organisation. Du musst deinen alten Namen vergessen.«

Ich blickte auf den Vertrag vor mir. Für einen Rückzieher schien es jetzt zu spät. Ich zog die Kappe vom Füller und unterzeichnete mit violetter Tinte:

Mark Anchovi

Ich hatte den Namen Colin sowieso noch nie gemocht.

»Exzellent«, sagte General Schlüssel, »aber eine Sache gibt es da noch.« Er holte einen dünnen Bogen perforierten Papiers hervor. »Zieh bitte deinen linken Schuh aus.«

»Was? Warum?«

»Du bekommst ein Tattoo von uns.«

»Ich – ich – stand das im Vertrag?«

»Irgendwo im Kleingedruckten, ja. Keine Sorge. Anwärter bekommen nur temporäre Tattoos.«

Ich seufzte erleichtert, zog meinen Schuh und meine Socke aus. Prinzessin musste ein Lachen unterdrücken, als ich ein paar Fusseln zwischen meinen Zehen hervorholte.

»Lecker Zehenkäse.«

General Schlüssel zog ein Stück Papier ab und drückte es gegen die Innenseite meines zweiten Zehs.

»Das ist *dein* besonderes Zeichen. Wenn du es in einer Gefahrensituation zeigst, wird dir ein G.P.V.-Mitglied zu Hilfe kommen.« Er rieb über das Papier, seine zweifarbigen Augen waren konzentriert auf meinen Zeh gerichtet.

»Bitte schön.«

Es war ein kleines, aber deutlich erkennbares Bild von Markus Anchovius, dem Maskottchen von Caesars Pizzeria. Ein glücklich aussehender Fisch in einer Toga.

»*Der* Mark Anchovi«, flüsterte ich. Ich hatte in meinem ganzen Leben noch keine Tätowierung gehabt.

General Schlüssel schüttelte mir die Hand, dann lehnte er sich zurück und überkreuzte seine Füße auf dem Tisch.

»Glückwunsch, Anchovi. Es war mir eine große Freude, dich kennenzulernen. Prinzessin wird dich nun nach Hause begleiten. Sie gibt dir weitere Informationen zu deinem Auftrag.«

Wir drei gingen an den Bahnen vorbei und durch den Schachbrettflur zurück. Ich zog meine Bowlingschuhe wieder aus.

»Ich werde mich hier verabschieden, Anchovi«, sagte General Schlüssel. »Aber ich muss es noch einmal betonen: Vergiss deinen alten Namen. Es wäre extrem gefährlich, wenn dich während der Mission jemand so nennt. Gefährlich für alle.«

Prinzessin und ich liefen zum Bus. Am Steuer saß dieselbe Fahrerin. Wieder sagte sie kein einziges Wort. Ich grübelte über General Schlüssels letzte Bemerkung nach: *Vergiss deinen alten Namen … Gefährlich für alle.* Ich sollte erst sehr, sehr viel später wissen, was er damit meinte.

Der Bus rumpelte los und die Bowlingbahn verschwand

langsam aus meinem Sichtfeld. Um zwei Uhr nachts schien Rufflington vollkommen ausgestorben zu sein. Prinzessin war trotzdem immer noch total aufgedreht.

»Pass auf, Anchovi, so sieht es aus: Wir verbinden deine Klassenfahrt nach Italien mit deinem Auftrag. Einverstanden?«

»Ähm …«

»Die Klassenfahrt spielt sich hauptsächlich tagsüber ab, richtig? Geh in die Museen, sieh dir Ruinen an und fülle die dämlichen Arbeitsblätter aus. Wenn alle im Bett liegen, kommst du zu uns.«

Für den G.P.V. zu arbeiteten, bedeutete offensichtlich, dass Schlafen zur Nebensache wurde.

»Wir brauchen dich in Rom, um Pizza an einen Meisterverbrecher auszuliefern, den wir beobachten. Der große Alan Fresco. Er steht unter Hausarrest, weil er verdächtigt wird, ein berühmtes Gemälde gestohlen zu haben. Und er ist verrückt nach Pizza.«

Der Bus bog in die Brayne Road ein.

»Du lieferst einfach nur die Pizza aus und beobachtest ihn«, sagte Prinzessin. »Notiere alles, was dir merkwürdig vorkommt. Das kriegst du doch hin, oder? Die italienische Regierung hat uns hinzugezogen, also kein Druck.«

Ich nickte, weil ich zu perplex war, um zu antworten. Der Bus hielt an und die Türen öffneten sich mit einem Zischen.

»Wir holen dich an deinem Hotel ab. Dann bekommst du alle weiteren Infos.«

Ich gab ihr irgendein Zeichen der Zustimmung und winkte ihr zum Abschied zu.

Wir sehen uns in Rom!, formten ihre Lippen lautlos, bevor der Bus weiterfuhr.

Ich schlich durch den Seiteneingang der Pizzeria und ging hoch in mein Zimmer. Es war eine furchtbare Nacht.

Ich träumte von krachenden Wellen und Bowlingbahnen und gestohlenen Gemälden. Was war mit mir geschehen? Und wer um alles in der Welt war der große Alan Fresco?

Kapitel 6

Ich wachte zitternd auf. Dann realisierte ich, dass das *Bett* zitterte. In meiner Benommenheit spürte ich eine riesige Gestalt über mir. Ich zog mir vor Schreck die Decke über den Kopf und stöhnte. »Ahhhhhhhhrgh!«

Das Bett zitterte weiter.

»Verschwinde ...«, krächzte ich. »Verschwinde. Bitte.«

»Coliiiiiinnnnnn ...«

Ich erstarrte. Langsam hob ich die Decke ein winziges Stück an und lugte vorsichtig heraus, wie aus einem Bullauge.

»Aufstehen, aufstehen, aufstehen!«

Ich sah das freche Gesicht meiner Schwester, ihre wild blickenden Augen umrahmt von einem schiefen Pony, den sie sich selbst geschnitten hatte. Schließlich streckte ich meinen Kopf ganz hervor und rieb mir die Augen. Es war immer noch dasselbe alte Zimmer. Unsere Poster und Sitzsäcke und die Socken, die darauf verteilt lagen, Comichefte, die aufgeschlagen dalagen wie halb aufgegessene Sandwiches. Vielleicht

gab es irgendwo auch ein halb aufgegessenes Sandwich. Das, was ich für eine riesige Gestalt gehalten hatte, war einfach nur Alicias Bassgitarrenkoffer. Für das Zittern sorgten ihre Fäuste, die gegen das Kopfteil meines Bettes hämmerten.

»Aufstehen, aufstehen, aufstehen«, rief sie ungeduldig.

Ich konnte zwar nicht aufstehen, aber aufsetzen ging zumindest.

»Mum sagt, du sollst das essen.«

Sie hielt mir einen Teller mit gebutterten Toasts unter die Nase und reichte mir den Tee in meiner Tim-und-Struppi-Tasse.

»Dann sollst du runterkommen. Also, sofort. Eigentlich schon vor zehn Minuten.«

»Hmpf?«, machte ich und hielt es nicht für nötig, mir den Wasserfall geschmolzener Butter vom Kinn zu wischen.

»Im Ernst«, sagte Alicia.

In der Küche, angezogen, gewaschen und zurechtgemacht, bekam ich einen Seitenhieb verpasst.

»Sag mal ...«, schnurrte Mum. »Möchtest du mir vielleicht etwas über deine Freundin erzählen?«

»Sie ist nicht meine Freundin.«

Ich zog mir den Trenchcoat über.

»Entschuldige, Schatz. Deine Nicht-Freundin, wie heißt sie?«

»Ähm ... Döner-Prinzessin.«

»Prinzessin? Oh, ich weiß ja nicht. Man kann doch nicht in der Gegend herumlaufen und sich selbst ›Prinzessin‹ nennen.«

»Nein ... das ist eine Art ... Spitzname.«

»Wie süß! Du meinst wie ein Kosename? Wie Liebling oder Schätzchen oder Bärchen oder so etwas?«

»Na ja, nein, eigentlich nicht, Mum. Ich –«

»Irma! Wir müssen los!«, rief mein Vater.

»Dann steh doch da nicht einfach so rum, bring seinen Koffer zum Auto, Cosmas!«

Die nächsten sechs Stunden waren dermaßen langweilig, dass es mir vorkam, als hätte mein Abend als Detektiv-Superstar nie stattgefunden. Meine Eltern ließen mich am Schulhof raus und ich stellte mich zu den anderen Kindern. Niemand von ihnen schien ansatzweise so cool zu sein wie der G.P.V.

Unsere Koffer wurden in den Bus gestapelt und wir fuhren zum Flughafen.

Mr Hogstein und Miss Odedra hielten ihre üblichen Vorträge: über Gesundheit und Sicherheit, darüber, immer zusammenzubleiben und nicht mit irgendwelchen Fremden zu sprechen. Welch Ironie, wenn man bedachte, dass ich es mir mit einem weltberühmten Kriminellen gemütlich machen würde.

Nachdem ich unkontrolliert vor mich hin gegähnt hatte, dämmerte ich weg. Ich muss mich wie ein Zombie durch das Flughafengebäude geschleppt haben. Im Flugzeug war ich wieder wach. Mein Klassenkamerad Robin saß zu meiner Rechten und sabberte im Schlaf. Links unter mir schwebten flauschige Wolken wie der Inhalt eines zerfetzten Kuscheltiers. Ein paar Reihen weiter vorne sah ich Mr Hogsteins großen Glatzkopf. Wie gerne hätte ich etwas dagegengeworfen!

In diesem Moment hörte ich das Quietschen des Servierwagens und begann, nach etwas Kleingeld zu suchen.

»Bitte werfen Sie einen Blick in die Speisekarte, Sir.«

Ich blickte auf. Vor mir stand – in einem schwarz-orangefarbenen Kostüm, mit Halstuch und Namensschild, die Haare zum Dutt hochgesteckt: Döner-Prinzessin.

»Wie bist du –?«

»Möchten Sie etwas zu trinken, eine kleine Erfrischung oder einen Snack, Sir?«

Jetzt ganz ruhig bleiben.

»Ähm …«

Die Speisekarte schien eine Tonne zu wiegen. Ich schlug sie auf und ein dicker lila Umschlag fiel heraus. Darauf das G.P.V.-Logo in Gold.

»Ich hätte gerne einen Orangensaft«, sagte ich, aber Döner-Prinzesin – oder Tracy, wie auf ihrem Namensschild stand – rollte den Wagen schon weiter.

»Hol ihn dir selbst«, rief sie zurück. Einige andere Kinder hörten das und lachten.

General Schlüssel hatte recht gehabt. Er konnte jeden überall einschleusen – G.P.V.-Detektive als Stewardessen! Ich riss den Umschlag auf. Mir fiel die violette Tinte von General Schlüssels Füller auf. Es stand dort geschrieben:

Gastronomie-Detektiv-Anwärter Mark Anchovi
Sitz 33C
Flug EZY8251
Irgendwo über den Alpen

Der Goldene Pfannenwender Verband
Geheim gehaltener Ort

Sehr geehrter Mr Anchovi,

bitte lesen Sie diesen Brief mit allergrößter Vorsicht und vernichten Sie ihn danach sofort. Folgende Methoden zur Vernichtung werden empfohlen – die Reihenfolge entspricht der Zuverlässigkeit:

a) Reißen Sie den Brief in winzige Stückchen, wickeln Sie diese in ein Taschentuch und spülen Sie es anschließend die Flugzeugtoilette hinunter.
b) Reißen Sie den Brief in winzige Stückchen und stopfen Sie diese in den Kartoffelbrei des Jungen neben Ihnen. Er hat ein leichtes Beruhigungsmittel bekommen und wird einige Stunden außer Gefecht gesetzt sein.
c) Reißen Sie den Brief in winzige Stückchen und stecken Sie diese in Ihre Unterhose, um sie zu einem späteren Zeitpunkt zu verbrennen.

(Die Entscheidung liegt bei Ihnen.)

Der Sinn und Zweck dieses Briefes ist es, Sie über Ihren Auftrag mit dem Codenamen *Operation Calzone* zu informieren. Es ist erforderlich, dass Sie die Bewegungen, Verhaltensmuster und jegliche Korrespondenz des großen Alan Fresco verfolgen. Hier sind ein paar wichtige Fakten über Mr Fresco:

- Er ist ein bekannter Kunstdieb/-fälscher, der im Gefängnis saß.
- Er residiert jetzt in der Villa Campino, Rom.
- Sein eigentlicher Name ist Alan Fraser und er stammt gebürtig aus Milton Keynes.
- Er steht unter Hausarrest und verlässt niemals seine private Dampfsauna.
- Er wird verdächtigt, das Gemälde »Mädchen mit einem Eichhörnchen« des Künstlers Leonardo da Quincy aus dem 15. Jahrhundert gestohlen zu haben.
- Dieses Gemälde ist in etwa 20 Millionen US-Dollar wert.
- Mr Fresco ist ein gut genährter Gentleman, der jeden Abend eine Pizza bestellt.
- Er hasst Anchovis.

Hasst Anchovis? Ich mochte ihn schon jetzt nicht. Ich las weiter:

Ihr Auftrag:
Als Pizzadetektiv arbeiten Sie undercover in Mr Frescos Lieblingspizzeria, La Casa Bianca. Jeden Abend, den Sie in Rom verbringen, werden Sie eine Pizza an Mr Fresco ausliefern. Unterhalten Sie sich mit ihm, während er isst. Finden Sie alles

heraus, was möglich ist. Seien Sie ihm behilflich, wenn nötig. Notieren Sie alle Bemerkungen über Gemälde, mit denen er zu tun hatte. Besondere Aufmerksamkeit ist erforderlich, wenn er versucht, Kontakt mit der Außenwelt aufzunehmen.
Es ist wahrscheinlich, dass es dabei nähere Informationen über den Verbleib vom »Mädchen mit einem Eichhörnchen« gibt.

Ihre Kontaktstelle
Döner-Prinzessin, führende Gastronomie-Detektivin
Eisdiele Il Delfino
Salita XX Settembre
Rom
Italien

Ihre Deadline: kommenden Samstag, 15. Juni.
Viel Erfolg bei Ihrem Auftrag.
Bitte zerstören Sie diesen Brief.

Hochachtungsvoll

G.S.

Ich blickte auf in der Hoffnung, Prinzessin noch einmal zu Gesicht zu bekommen. Sie war hinter der Gardine im hinteren Teil des Flugzeugs verschwunden. Ich las den Brief noch einmal und fotografierte in Gedanken den Inhalt ab. Dann riss ich ihn in winzige Stückchen. Ich traute mich nicht, sie in Robins Kartoffelbrei zu verstecken, also stand ich auf, um sie die Toilette hinunterzuspülen. Als ich zu meinem Sitz zurückkam, stieg ich über den schlafenden Robin hinweg und zog mein G.P.V.-Handbuch hervor.

Ich hatte gerade begonnen, über die Gründung des G.P.V. im Jahre 1867 zu lesen, als ich von Hogstein unterbrochen wurde.

»Jungs und Mädels, ähm! Ähm! Wir landen gleich in Rom!«

Er hielt seinen üblichen langweiligen Vortrag im Vorderteil des Flugzeugs.

»Weiß jemand, wie die Stadt Rom gegründet wurde?«

Niemand meldete sich.

»Sie wurde von Zwillingsjungen errichtet, die nach der Geburt von ihrer Mutter verlassen worden waren. Romulus und Remus. Wie haben diese beiden überlebt, Kinder?«

Wieder meldete sich niemand.

»Sie wurden von einer Wölfin großgezogen! Diese Statue zeigt die Zwillinge«, er deutete auf einen Ausdruck, »wie sie von der Wölfin gesäugt werden – hör auf zu kichern, Dexter!«

»Was haben Sie gesagt, Sir?«

Zum Glück wurde er von der Ankündigung des Kapitäns unterbrochen, dass wir uns im Landeanflug befänden. Ich klappte das Handbuch zu und versuchte, über meinen Auftrag nachzudenken. Sich mit einem notorischen Kriminellen anfreunden?

Hogstein trieb uns durch den Flughafen und zwang uns alle, solche dämlichen Neon-Caps aufzusetzen, damit wir nicht verloren gingen. Dann verschwendete er weitere kostbare Minuten damit, immer und immer wieder die Namen der Klassenliste aufzurufen. Schließlich präsentierte er dem Busfahrer das, was er für ziemlich gutes Italienisch hielt. War es aber nicht. Hogstein redete einfach Englisch mit einem fiesen italienischen Akzent und fuchtelte mit den Armen herum.

Schließlich fuhren wir doch los: eine Busladung von 29 hyperaktiven Schülern und einem sehr müden Pizzadetektiv. Der Bus wand sich eine kurvenreiche hügelige Straße zu einem Hotel hinauf, das gefährlich schräg stand. Es sah so aus, wie ich mich fühlte: kaputt. Die Aussicht war ein Patchwork aus orangeroten Dächern mit Fernsehantennen, die wie kleine Insektenbeine in die Luft ragten. Wir sahen Wäsche an einer Leine, hörten Glockenläuten und Hundegebell. In der Hitze schien alles zu flimmern.

Ich teilte mir ein muffiges Zimmer mit sechs anderen Jungen. Sie hatten ihre Fußballsammelsticker herausgeholt und ihre stinkigen Füße in viel zu große Flip-Flops gesteckt. Hogstein klopfte an die Tür, um zu verkünden, dass es eine Stunde später Abendessen geben würde.

Genügend Zeit, dachte ich, für ein Nickerchen. Ich öffnete meinen Koffer, um mir ein anderes T-Shirt anzuziehen. Doch dort, wo ich eigentlich meine ordentlich zusammengefalteten Klamotten erwartete, lag etwas anderes: ein kleiner menschlicher Körper.

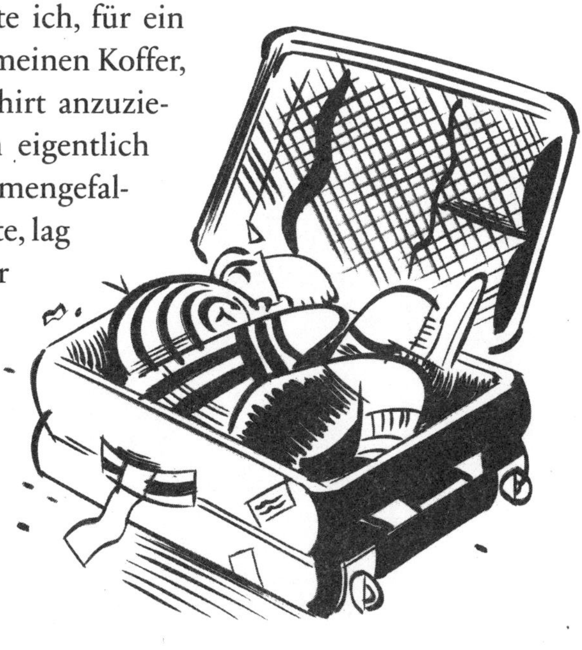

Kapitel 7

Ich schrie und der Körper erwachte zum Leben, wandte mir seinen Kopf zu.

»ÜBERRASCHUNG!«

»Justin!!! Was soll das?«

»Wie geht's, wie steht's, Anch, alles klar?« Er streckte seine stämmigen Beine aus meinem Reisekoffer.

»Was tust du hier? Wie bist du in meinen Koffer gekommen? Wo sind meine Hosen?«

»Na, na, na. Eine Frage nach der anderen, Anchovi. Du hättest nicht gedacht, dass ich *und* deine Hosen hier reinpassen, oder?«

»Ich habe dich nicht gebeten mitzukommen. Ich wette, niemand hat dich gebeten mitzukommen!«

»Reg dich nicht auf. Das ist echt hart. Ich komme mit, weil ich dir bei deiner Mission helfen will – freiwillig –, und du flippst gleich aus?«

»Halt die Klappe, Justin. Ist dir überhaupt klar –«

Die Jungs aus meinem Zimmer legten die Fußballsammelsticker beiseite und starrten uns an.

»Alter!«, sagte Robin. »War dieses Kind in deinem *Koffer*?«

»Ich – ich …«

Die Jungs fingen an zu flüstern und tauschten besorgte Blicke aus. Ich meinte ein »Ich sag es Hogstein.« gehört zu haben. Justin drehte Däumchen. Es schien ihn nicht weiter zu jucken, dass er mich in Teufels Küche gebracht hatte.

»Alles okay, Jungs, er ist … Ich kenne dieses Kind nicht …«

»Mr Hogsteeeeeeein!!!«, kreischte Dexter. »Hilfe! Hilfe!«

In null Komma nichts hatten sie sich auf Justin geworfen und drückten ihn zu Boden.

»Lasst ihn los!«, schrie ich.

Da klopfte es an der Tür.

Ich war starr vor Schreck. Dexter öffnete, aber es war nicht Mr Hogstein. Es war ein Zimmermädchen mit einem Tablett, auf dem Teller, Krüge und andere Dinge so hoch gestapelt waren, dass wir nicht einmal ihren Kopf sehen konnten.

»Ich hole Hogstein«, sagte Dexter. Aber bevor er loslaufen konnte, schlug das Zimmermädchen mit dem Fuß die Tür zu. Sie stellte das Tablett ab und wir sahen ihr Gesicht. Prinzessin. Schon wieder.

»Servizio in camera?«, rief sie. Dann, mit überzeugendem italienischem Akzent: »Zimmerservice?«

Die Jungs staunten. Und zwar so sehr, dass sie Justin losließen, der auf dem Bauch zu ihr robbte. Prinzessin zog eine Dose *Febreze* hervor und versprühte es großzügig im Raum.

Mit acht Jungs hier drinnen muss es ziemlich gestunken haben.

»Ihr zwei« – sie winkte Justin und mich zu sich –, »hier entlang, bitte.«

Sie führte uns aus dem Zimmer, zog die Tür hinter uns zu

und öffnete einen Wäscheschrank. Sie schob mich hinein und trat Justin schon fast hinter mir her.

»WAS ZUM TEUFEL SOLL DAS?«, zischte sie.

Wie in den meisten Wäscheschränken war hier nicht gerade viel Platz, sodass ich ihren Atem heiß in meinem Gesicht spürte. Ich wünschte, sie würde mich mögen.

»Ich glaube das nicht. Trinkpäckchen! Niemand hat dich gebeten herzukommen, hörst du? Niemand!«

»Ich – ich wollte doch nur helfen, Prinzessin.«

»Keine gute Idee! Weißt du, wie teuer es ist, *einen* Anwärter in einem Fall wie diesem zu überwachen? Aber zwei …!«

»Er meinte es nur gut, Prinzessin.«

»Halt die Klappe, Anchovi! Das ist genauso deine Schuld! Wie konntest du nicht bemerken, dass sich ein echter Mensch in deinem Koffer befindet?«

»Okay, tut mir leid. Aber wir sollten die Jungs aufhalten, bevor sie zu Hogstein rennen.«

»Ich habe sie betäubt, das passt schon.«

»Betäubt?«

»Das war kein *Febreze*. Alles in Ordnung – sie werden bewusstlos, vergessen alles und wachen dann zum Abendessen wieder auf.«

»Gute Arbeit, Prinzessin«, schniefte Justin. Sein Versuch, mit Prinzessin abzuklatschen, endete in der leeren Luft.

»Hör zu, Trinkpäckchen. Wir schicken dich wieder nach Hause. Es können nicht zwei Anwärter an diesem Fall arbeiten … General Schlüssel wird stinksauer auf dich sein.«

Justin ließ den Kopf hängen.

»Auf euch beide!«, fügte sie hinzu und sah mich an.

Wir krochen zurück auf den Flur.

»Ich kümmere mich um ihn«, sagte Prinzessin. »Geh wieder in dein Zimmer, öffne die Fenster und iss später mit den anderen deine Spaghetti Bolognese. Wenn Bettruhe ist, wirst du abgeholt.«

»Danke, Prinzessin. Und noch mal Entschuldigung.«

»Wir können uns keine weiteren Aufreger erlauben, Anchovi.«

Sie packte Justin im Nacken und führte ihn durch eine Seitentür raus.

Später beim Essen fühlte ich mich miserabel, und zwar nicht nur wegen der Fliege, die meine Bolognesesoße untersuchte. Ich hatte einen furchtbaren Start. Der G.P.V. würde mich sicher direkt wieder feuern. Wie hatte ich es zulassen können, dass Justin sich in meinen Koffer schmuggelt? Wie hatte er das überhaupt gemacht? Man musste ihm zugutehalten, dass das sehr geschickt gewesen war. Aber seinetwegen wäre meine Tarnung beinahe aufgeflogen. Wenn Prinzessin nicht da gewesen wäre …

Nach dem Essen erklärten die Lehrer, wie die nächsten Tage aussehen würden.

»Morgen, Kinder«, schwafelte Hogstein, »werden wir einen Ort besuchen, der sich Kolosseum nennt. Kann mir jemand sagen, worum es sich dabei handelt?«

Stille.

»Irgendjemand?«

Noch mehr Stille. Ein paar weiter hinten kicherten.

»Ihr habt doch alle schon mal von Gladiatoren gehört, oder?«

Ein paar Jungs blickten von ihren Spaghetti auf und nickten.

»Nun, das Kolosseum war der Ort, an dem die Gladiatoren mit Schwertern und Speeren und Ketten kämpften – vor den Augen des römischen Kaisers!«

Hogstein schob seinen Stuhl zurück und schwang seine Arme. Vermutlich versuchte er, einen Gladiator zu imitieren.

»Diese Männer waren wild, wild! Sie haben sich die Augen ausgekratzt und ausgestochen …«

»Cool!«, rief Dexter.

»Stellt euch das mal vor, Kinder, überall Blut und Eingeweide.«

Ich betrachtete meine Bolognese und mir war plötzlich ganz schlecht.

»Stellt euch vor, das wäre *euer* Job, Kinder. Seid froh, dass ihr andere nicht verstümmeln oder zu Hackfleisch machen müsst!«

»Arnold, bitte«, hörte ich Miss Odedra flüstern. Er machte weiter.

»Wer war der Gewinner dieser Kämpfe, Kinder? Der letzte Mann, der noch stehen konnte! Diese Männer haben bis zum Tod gekämpft. Bis zum Tod!«

»Wooooooow!« Dexter und seine Gang juchzten und klatschten. Idioten.

Ich blickte zu Robin rüber. Er war noch halb betäubt, denke ich.

Miss Odedra übernahm.

»Vielen Dank, Mr Hogstein, für dieses, ähm, *mutige* Nachstellen der Szenerie. Ich hoffe, euch wird die morgige Geschichtsstunde gefallen, Kinder. Das Kolosseum ist ein überwältigendes architektonisches Meisterstück. Glücklicherweise werden wir bei *unserem* Besuch kein Blut und keine Eingeweide sehen!«

Wir trotteten in unser Zimmer und ich warf mich auf mein Bett. Als mein Kopf das Kissen berührte, sank er nicht sanft ein, wie ich es erwartet hätte. Stattdessen hörte ich ein Knistern. Ich setzte mich auf und entdeckte ein zusammengefaltetes Stück Papier. Eine weitere Mitteilung? Nicht besonders clever versteckt. Ich nahm den Zettel und blickte zu den anderen Jungs. Sie lachten und furzten und machten irgendwelche Trickfilm-Charaktere nach. Ich faltete das Blatt auseinander und las:

Nächstes Mal schläfst du
bei den Anchovis.

Ich hatte genug Gangsterfilme gesehen, um zu wissen, was das bedeutete. Es bedeutete, dass ich ins Meer geworfen und dafür gesorgt wurde, dass ich dort bleibe. Kurz gesagt: Das war eine Morddrohung.

Die Buchstaben waren alle ausgeschnitten und aufgeklebt worden. Eine eher altertümliche und unpraktische Herangehensweise für Morddrohungen – das war selbst mir klar. Aber wer konnte das gewesen sein? Die Jungs in meinem Zimmer schon mal nicht. Vor ein paar Minuten waren wir alle noch unten gewesen und hatten unsere Spaghetti geschlürft. Vom G.P.V. war es sicherlich auch niemand gewesen.

Ich wusste, dass ich für die Sache mit Justin eine dicke Verwarnung ernten würde, aber die Bestrafung wäre sicher nicht gleich der Tod. Außerdem hatten die Briefe des G.P.V.s immer etwas Förmlicheres – das lila Papier, das goldene Siegel, General Schlüssels violette Tintenschnörkel. Wer hatte sich die Zeit genommen, so etwas zu verfassen? Woher wusste dieser Jemand, wo ich mich aufhielt?

Ich wurde von Dexter abgelenkt, der das Licht an und aus machte.

»Blitz! Blitz!«, brabbelte er. »Utz-utz-utz.«

»Mach sofort das Licht aus, junger Mann!«, schrie Hogstein vom Flur. Das Zimmer versank in Dunkelheit. Alles war still, bis auf einen seltsamen Furz und das Zischen eines Deos.

Wie man sich bei einem 12-Jährigen, der gerade seine erste Morddrohung erhalten hat, denken konnte, schlief ich nicht sonderlich gut. Ich träumte, dass ich in einem Koffer eingesperrt war und mit den Fäusten dagegenhämmerte, um herauszukommen. Ich spürte, dass mich jemand anstupste, und öffnete die Augen. Es war Prinzessin, die in einer langen blauen Jacke neben meinem Bett stand und den Finger auf ihre Lippen legte.

»Zieh dich an.« Sie reichte mir ein Bündel. Es war ein Neoprenanzug.

»Was soll das?«

»Zieh ihn einfach an.«

Ich schlüpfte unter der Decke hinein und stellte mich dabei an wie der letzte Schwachkopf.

Draußen im Flur schritten Odedra und Hogstein wie zwei dämliche Hühner auf und ab. Wir warteten, bis sie sich etwas entfernt hatten. Prinzessin hatte einen Reinigungswagen mitgebracht, den sie so drehte, dass er uns als Sichtschutz diente. Dann krochen wir zur Tür der Zimmermädchen am anderen Ende des Flurs. Wir stiegen eine Wendeltreppe nach unten und ich zeigte Prinzessin den Zettel.

»Habt ihr das geschrieben?«

Sie runzelte die Stirn, aber wirkte nur minimal verblüfft.

»Das ist eine Morddrohung. Daran solltest du dich gewöhnen. Nach einer Weile sind manche sogar ganz lustig.«

»Aber – wer war das? Warum?«

»Keine Ahnung, Anchovi! Ich bin keine Maschine! Trotzdem sind das keine guten Neuigkeiten.«

»Danke, dass du das extra noch mal betonst.«

»Hör zu – vergiss nicht, wer hier das Sagen hat. Also weniger Unverschämtheiten, bitte.«

Ich seufzte und dachte an die gefakten Fälle in Rufflington. Da war ich der Detektiv gewesen und sie meine Begleitung. Jetzt war es andersherum.

Wir gingen durch eine Hintertür nach draußen und überquerten einen kleinen Parkplatz.

»Glaubst du, dass der große Alan Fresco dahintersteckt?«

»Nein, Anchovi. Es ist unmöglich, dass er von dir weiß. Hast du das Hotel schon verlassen?«

Ich schüttelte den Kopf.

»Wir analysieren den Zettel und finden es heraus.« Sie sah mich mit großen Augen an. »Keine Sorge. Der G.P.V. gewährleistet seinen Mitgliedern höchsten Schutz. Insbesondere den Anwärtern.«

Das ist ja schön und gut, dachte ich. Trotzdem fühlte ich mich nicht gerade toll dabei, erst eine Morddrohung zu erhalten und dann mitten in der Nacht durch eine fremde Stadt zu latschen. In einem Neoprenanzug.

»Wohin gehen wir?«

»Wirst du gleich sehen. Ist nicht weit.«

Ich erwartete geheime Wege und Gassen, doch wir spazierten über eine belebte Straße mit wütend hupenden Taxis. Nach einem leichten Anstieg wurde es etwas ruhiger um uns. Wir kamen zu einem Platz mit einem beeindruckenden Brunnen, der mir irgendwie bekannt vorkam. Bis auf ein knutschendes Pärchen war der Platz menschenleer.

»Kennst du den Trevi-Brunnen? Der ist ziemlich berühmt. Am besten besucht man ihn um vier Uhr morgens, wenn niemand sonst da ist. Na ja –«, sie blickte zu den Knutschenden, »fast niemand.«

Sie hustete laut. Das Pärchen ließ mit hängenden Speichelfäden voneinander ab und sah uns böse an. Prinzessin blickte böse zurück. Die beiden schienen die volle Kraft des Döner-Blicks zu spüren – jedenfalls hakten sie sich unter und stolperten davon. Ich betrachtete den Brunnen und verstand, warum er berühmt war. Er war umrahmt von einer gewaltigen Wand aus Säulen und Torbögen. Der Brunnen war stufenförmig angelegt und von Statuen gesäumt – hauptsächlich Pferde mit Flügeln und große bärtige Männer, die in Muscheln bliesen. Was man halt so machte.

Wir näherten uns dem Wasser, das vor hineingeworfenen

Silber- und Kupfermünzen glitzerte. Prinzessin zog ihre Jacke aus und zum Vorschein kam ebenfalls ein Neoprenanzug.

»Ähm, Moment … wir werden doch nicht …«

»Ich hoffe, du kannst gut die Luft anhalten.«

»Nein, Prinzessin, ich werde nicht –«

»Rein mit dir, Anchovi, du Weichei.«

»Nein!«

»Gut. Dann bleib halt hier.«

Und bevor mir klar wurde, was geschah, tauchte sie ein und spritzte mich nass.

»Prinzessin!«

Sie tauchte bis zum Grund, wo all die Münzen lagen. Im Wabern des Wassers sah ich, wie sie mit dem Finger auf eine der Münzen drückte. Kurz darauf begann der Boden des Brunnens zu vibrieren. Wie das große gähnende Maul eines Wals öffnete sich ein Teil zu einem großen Ring und Prinzessin schwamm hindurch. Ich blinzelte und schaute noch einmal hin. Schließlich hatte ich diese Woche schon ziemlich merkwürdige Dinge gesehen, aber das hier toppte alles.

In diesem Moment hörte ich Stimmen. Vielleicht war es wieder das knutschende Pärchen. Vielleicht die Polizei. Ich wollte es nicht herausfinden, also gab es keine andere Möglichkeit: Ich tauchte ebenfalls ein.

Kapitel 8

Das Wasser war so kalt und eklig, wie es aussah. Ich öffnete die Augen und sah die funkelnden Münzen und die Öffnung, durch die Prinzessin geschwommen war. Ihr Kopf erschien und sie winkte hektisch. Ich stieß mich mit aller Kraft ab und schwamm zu ihr. Meine Lungen zogen sich zusammen. Als ich die Öffnung passierte, ertönte ein Rauschen, und ehe ich mich versah, wurde ich eine riesige Schlucht hinuntergezogen. Nur dass das bei Weitem nicht so lustig war wie die Wildwasserbahn im Freizeitpark von Rufflington. Inzwischen konnte ich kaum noch die Luft anhalten und hörte ein Pochen in meinen Schläfen. Prinzessin wirbelte vor mir herum wie ein Strumpf in der Waschmaschine. Alles wirbelte. Und das Wasser zog sich zurück.

Allmählich veränderte sich die Umgebung und ich konnte endlich wieder einatmen. Wir kamen auf etwas Metallischem auf, geformt wie ein Trichter, und ich sog gierig die Luft ein. Unter uns erschien eine weitere Öffnung. Prinzessin krabbelte darauf zu und sah mich an.

»Alles okay bei dir?«

Ich nickte. Es war das zweite Mal innerhalb einer Woche,

dass ich zusammen mit diesem Mädchen beinahe ertrunken wäre.

»Für jemanden mit dem Namen Anchovi bist du in Sachen Wasser eine ziemliche Memme!«

Sie ließ sich hinuntergleiten und ich folgte ihr.

Es handelte sich um eine Art Cockpit oder Kontrollraum, überall waren Rädchen und Hebel und es gab zwei braune Lederstühle. Prinzessin trocknete sich mit einem Handtuch ab und schleuderte es anschließend in meine Richtung.

»Wo sind wir jetzt?«

»Du stellst eine Menge Fragen. Das ist das G.P.V.-Mini-U-Boot. Versuch einfach weiterzumachen.«

Sie setzte sich hin, blickte durch ein Periskop und betätigte einen Hebel.

Die Vorrichtung erwachte blubbernd zum Leben und ich

flog in den anderen Sitz. Im Bereich rund um den Hebel erschienen lauter kleine Bildschirme. Auf einem war ein violetter Punkt zu sehen, der über ein Liniennetz tanzte.

»Sollen wir dieser Punkt sein?«

»Ja. Irgendwann werden wir dich dahingehend noch ausbilden. Wenn du magst, sieh es dir an.«

Sie schwang das Periskop in meine Richtung. Ich blinzelte und spähte durch das Glas. Alles, was ich wahrnahm, waren Steingewölbe und braunes, trübes Wasser.

»Sind wir in einem Abwasserkanal oder so etwas?«

»Du hast es erfasst. Da willst du echt nicht schwimmen gehen. Halt dich fest.«

Das U-Boot ruckte vorwärts und nach unten.

»Da ist ein kleiner Wasserfall … Egal«, fuhr sie fort, »vor ein paar Jahren wurde der Trevi-Brunnen im großen Stil renoviert.

Zwei Millionen Euro. General Schlüssel hat ein paar Beziehungen spielen lassen, damit ein Kanal für ein Mini-U-Boot eingebaut wird. Für uns ist das die beste Art zu reisen.«

»Konnten wir nicht wieder den Bus nehmen?«

»Nein, Anchovi. Das wäre ein viel zu großes Risiko. Der große Alan Fresco hat überall seine Lakaien, die ihre Augen in der Stadt offen halten. Außerdem hast du eine Morddrohung bekommen, ha!«

»Das ist nicht lustig.«

Das Wasser um uns herum begann, lauter zu blubbern. Ich blickte in das Periskop und sah den Nachthimmel umrahmt von einem Steinbogen. Auf dem Bildschirm bahnte sich der violette Punkt seinen Weg einen dicken blauen Schnörkel entlang.

»Das ist der Tiber.«

Seltsamerweise begann ich, mich zu entspannen. Es gefiel mir, durch das Periskop zu gucken und es von einer Seite zur anderen zu drehen. Ich sah Schleppboote, Anlegestellen und Hängebrücken vor uns. Nach und nach wurden die Gebäude kleiner und die Lichter der Geschäfte strahlten weniger.

Wir folgten dem Flusslauf in ruhigere Außenbezirke.

Ich fühlte mich komplett unsichtbar für die Außenwelt. Ich fühlte mich sicher. Ich blickte zu Prinzessin, die sich auf den Bildschirm konzentrierte, ihre Finger flogen nur so über die Bedienelemente.

»Wir sind fast da. Halte Ausschau nach einer riesigen Eiswaffel.«

Ich sah den Schein eines Cafés oder Ladens am Flussufer. Auf dem Neonschild stand:

GELATERIA IL DELFINO

Das Logo war ein flimmernder Delfin und davor stand eine riesige Eiswaffel aus Plastik.

»Hier!«

Wir tauchten an einem Anlegesteg auf, wanden uns aus der Luke und schlichen zur Eiswaffel.

Prinzessin lehnte sich dagegen, klopfte und sagte den Leitspruch vom G.P.V.-Festessen auf: Aureum in spatha est, vivat spatha!

Auf der riesigen Eiswaffel befanden sich drei Kugeln Plastik-Eiscreme – die Farben verrieten, dass es sich um Erdbeere, Schokolade und Vanille handeln sollte. Sie knackten und klappten auf, um ein herausstarrendes Gesicht freizugeben. Es war der italienische Hacker von der G.P.V.-Konferenz.

»Du erinnerst du dich noch an Camillo, oder?«

»Buona sera.« Seine Stimme klang munter und nasal.

»Hi.«

»Komm rein.«

»In die Eiswaffel?«

»Ja, in die Eiswaffel.«

Diese Leute hatten es irgendwie mit engen Räumen. Ich kletterte hinein und Prinzessin folgte. Wieder gab es eine trichterförmige Öffnung zu einem größeren Raum darunter. Dieses Mal war allerdings viel mehr Platz als im Mini-U-Boot. Es handelte sich um eine Art Labor. Es gab lange Arbeitstische, Glaskästen, Lötkolben, ein paar Computer und unzählige kleine Schubladen. Daran befanden sich Aufschriften wie *Röntgenbrillen* oder *Fallschirmanzüge* oder einfach nur *Scheiben*.

Camillo trug eine türkise Uniform mit einem aufgenähten Delfin, der über eine Eiswaffel sprang. Wahrscheinlich war er hier vom G.P.V. stationiert worden.

»Wir befinden uns unter der Eisdiele. Habt ihr Lust auf ein Eis?«

»Hmmmm … habt ihr Pistazie?«

»Wir haben alle möglichen Sorten.«

Er flitzte eine Treppe hoch und war verschwunden. Prinzessin wandte sich in meine Richtung.

»Das ist das G.P.V.-Zentrum während der *Operation Calzone*. Ist nur einen Steinwurf vom *La Casa Bianca* entfernt – wo du die Pizzen zusammenpacken wirst. Der große Alan Fresco lebt ganz in der Nähe.«

Ich schluckte, als ich den Namen hörte.

»Gibt es irgendwelche Probleme, meldest du die hier. Camillo wird die meiste Zeit da sein. Ich manchmal.«

»– und ich werde auch hier sein!«, platzte eine nervige Stimme dazwischen. Es war Justin, der plötzlich wie aus dem Nichts aufgetaucht war. Er hielt eine Packung Wachsmalstifte umklammert und mir fiel ein kleiner Tisch mit gefalteten Papierfiguren, Schere und Kleber auf.

Camillo kam mit meinem Eis zurück.

»Du hältst dich aus allem raus, ja, Trinkpäckchen?«

Justin nickte. »Kriege ich eine Kugel Himbeere mit bunten Streuseln?«

»Können wir jetzt bitte zur Sache kommen?«, schimpfte Prinzessin.

Camillo führte mich zu einem der Arbeitstische. Seine Nase lief. Ich fühlte mich etwas unwohl mit dem Pistazieneis.

»So. Heute Nacht statten wir dich mit der Spezialausrüstung für deinen Auftrag aus.«

Er legte mir eine Uhr ums Handgelenk. Die Oberfläche hatte die Form einer Pizza, die sich aufklappte und einen kleinen Bildschirm zum Vorschein brachte.

»Das gefällt mir.«

»Das ist die wichtigste Art der Kommunikation, Anchovi. Ein Telefon würde abgehört werden. Du drückst hier …«, er presste seinen Fingernagel in die Seite, »und sprichst in das Mikrofon.«

Auf dem Bildschirm erschien das Hauptmenü.

»Das Wichtigste für dich sind diese beiden unterschiedlichen Pieptöne.«

Er drückte einen Knopf und ein tiefes stakkatohaftes Piepen war zu hören.

»Dieser Ton kommt, wenn irgendjemand aus dem G.P.V. dich kontaktieren will.«

Er drückte einen anderen Knopf und es ertönte ein anderes Piepen – hoch und konstant.

»Wofür ist das?«

»Das ist *sehr* wichtig, denn das ist das Gefahrensignal. Wenn du es hörst, verlasse sofort den Ort, an dem du gerade bist.«

Er stellte die Uhr wieder aus.

»Hast du irgendwelche Fragen?«

»Nein … also, noch nicht.«

Er ging zu einem anderen Arbeitstisch und nahm eine Dose mit schwarzen Oliven in die Hand.

»Mir reicht das Eis hier, danke.«

»Das ist kein Essen.«

Dann gingen wir zu einem Glaskasten mit einem metallenen Arm. Das Ganze sah in etwa so aus wie die Kästen mit Kuscheltieren, die in Shoppingcentern standen und bei denen man einen Greifarm steuern musste. Camillo öffnete eine Klappe und stellte die Dose in den Arm.

Er drückte einen anderen Knopf und der Arm schleuderte die Dose gegen die eine Seitenwand des Kastens.

Sie explodierte und zum Vorschein kamen ein ganzer Schwung Schrotkugeln, die wie verrückt herumsprangen.

»Explodierende Oliven. Wenn du in Schwierigkeiten gerätst, kannst du die werfen.«

»Okay.«

Es waren ziemlich viele Informationen und das Pistazieneis schmolz vor sich hin. Ich leckte nur aus Höflichkeit daran. Prinzessin kam rüber.

»Bist du gleich fertig, Cam? Anchovi muss vor Sonnenaufgang wieder im Hotel sein.«

»Fast, Prinzessin.« Er nahm ein L-förmiges Objekt mit einem kleinen Zylinder zur Hand.

»Das sieht aus wie eine Pistole.«

»*Si*, das *ist* eine Pistole.«

»Ich will niemanden töten.«

»Nein, nein, damit wird auch niemand getötet. Aber verbrannt, der Gegner erblindet oder verliert seine Erinnerungen.«

»Das möchte ich aber auch nicht!«

Er ignorierte mich und deutete auf den kleinen Zylinder über dem Handhebel.

»Munition. In deinem Fall kannst du *sugo* probieren – ah –, die Tomatensoße. Drück hier und sie wird heiß wie ein Vulkan in das Auge deines Angreifers schießen.«

Heiße Tomatensoße?

»Das möchte ich wirklich, wirklich, wirklich nicht tun.«

»Das stand alles im Vertrag, Anchovi«, mischte sich Prinzessin ein. »General Schlüssel hat einen Laser-Ring. Ich bevorzuge einen altertümlichen vergifteten Pfeil.«

»Ich benutze überhaupt keine Waffen.«

»Ist ja nur eine Vorsichtsmaßnahme«, seufzte Prinzessin. »Es wird nichts Schlimmes passieren.«

Und genau in diesem Moment, als hätten sie nur darauf gewartet, schaltete jemand alle Lichter aus. Im Dunkeln wurde ich gepackt und unter den Arbeitstisch geschoben. Ich hörte Fußgetrappel, eine auffliegende Tür und laute, barsche Stimmen, die mit amerikanischem Akzent sprachen.

Ich sah, dass Camillo eine Fernbedienung betätigte. Und bevor ich wusste, was geschah, öffnete sich der Boden und wir fielen in einen Tunnel unter dem Labor. Er war so flach, dass wir alle hineinrollten. Prinzessin legte einen Finger auf ihre Lippen. Wir hörten Krachen und Dröhnen.

»Nein«, flüsterte Camillo. »Nein, nein, nein.«

Sie schlugen das Labor kurz und klein. Ich hörte Camillo schniefen. Seine Computer, seine Wärmeschränke, seine Roboter. Prinzessin drehte sich zu ihm.

»Es tut mir leid, Cam, aber wir müssen weg von hier.«

»Prinzessin, ich möchte bitte die Oliven explodieren lassen.«

»Gleich, versprochen.«

Prinzessin kroch im Tunnel vorwärts und wir folgten ihr. Wir hörten, wie der Lärm über uns lauter wurde, als wer auch immer die Tische zerschmetterte und die Dielen herausriss.

»Okay, Cam. *Jetzt*.«

Er muss den Knopf auf seinem Pad in derselben Sekunde gedrückt haben. Wir hörten die explodierenden Oliven herumrattern wie einen heftigen Hagelsturm.

»Aaaaaah, verdammt!«, kamen die Schreie von oben. »Raus hier, raus hier.«

Schritte trampelten Richtung Ausgang. Und dann die Worte, die niemand hören wollte.

»Auslöschen, Bruno.«

Wir vernahmen das Geräusch von Flüssigkeit, die verschüttet wurde. Dann einen beißenden Geruch.

»Benzin«, sagte Prinzessin. »Alle raus hier. JETZT!«

Wir schoben uns auf den Bäuchen vorwärts. Prinzessin drückte gegen eine Klappe vor sich, und wir sahen den Fluss sowie die Luke des Mini-U-Boots, die aus dem Wasser guckte.

Tränen rannen über Camillos Gesicht.

»Oh mein Gott«, keuchte Prinzessin. »Nein. Verdammt noch mal!«

Sie blickte zur Eisdiele zurück. Rauch und Flammen schlugen heraus. Zwei schemenhafte Gestalten rasten mit einem Bündel unter den Armen davon. Wir schafften es gerade noch rechtzeitig ins U-Boot. Prinzessin schlug die Luke zu und schlug die Hände vors Gesicht.

»Sie haben Justin.«

Kapitel 9

Als Kontrast zu diesen Geschehnissen gab das Hotelzimmer ein komplett friedliches Bild ab. Das Licht fiel durch die Jalousien und warf einen goldenen Schein auf die Gesichter der Jungs, deren Haare verstrubbelt waren und denen Sabber aus dem Mund lief. Selbst Dexter war ruhig. *Gestern war ich noch wie sie*, dachte ich. *Unschuldig.* Ich zog den lachhaften Neoprenanzug aus und taumelte ins Bett. Mir war ganz schlecht vor lauter Schuldgefühlen. Wie hatten wir nur Justin vergessen können? Ja, er war ein Quälgeist. Aber wo auch immer er sich jetzt befand – er hatte wahrscheinlich keine sonderlich gute Zeit. Mit Sicherheit bekam er dort kein Himbeereis mit bunten Streuseln. Erschüttert fiel ich in einen nervösen Schlaf.

Und wurde von Hogstein persönlich geweckt.

»Steh sofort auf, Kingsley!«

Ich hatte mich so an »Anchovi« gewöhnt, dass ich meinen echten Namen beinah vergessen hatte.

»Was?«

»Die gesamte Klasse ist geduscht und angezogen, hat gefrühstückt und sitzt im Bus. Alle warten nur auf dich!

Weißt du eigentlich, was für ein egoistisches Verhalten das ist?«

»Entschuldigen Sie bitte.«

»Nur damit du es weißt, Kingsley, deine Eltern werden davon hören. Du hast genau eine Minute, dich umzuziehen und in diesen Bus zu steigen. LOS!«

Der Bus war eine Echokammer aus Spott und Beleidigungen.

»Was war los, Kingsley? Hast du ins Bett gemacht?«, rief Dexter.

Das war das Stichwort für noch mehr Gegröle der anderen Rotzköpfe.

»Ruuuuuuuuuhe!«, kreischte Miss Odedra.

Weil ich als Letzter eingestiegen war, musste ich auf dem schlimmsten Platz sitzen. Ganz vorne, neben dem mürrischen, muffigen alten Hogstein. Ich erinnerte mich an eine Geschichtsstunde, in der er uns erzählt hatte, dass Queen Elizabeth I. nur einmal im Jahr badete. Mir schien es, als würde er es ihr in Sachen persönlicher Hygiene gleichtun.

»Gibt es hier keine Klimaanlage?«, fragte ich.

»Was, Kingsley?«, schrie Hogstein, der mich wohl nicht verstehen konnte, weil ihm so viele Haare aus den Ohren wuchsen.

»Ach, nichts.«

Rom brannte an diesem Morgen in der Sonne. Ich betrachtete den glühenden weißen Marmor, krumme Gehwegplatten und mit Vogelkacke bespritzte Torbögen. Straßenbahnen, mit Graffiti besprüht, ratterten vorbei. Hunderte Motorroller heulten auf. Männer in weißen T-Shirts fluchten bühnenreif.

Ein Priester aß in einem Park Wassermelone und verscheuchte Fliegen. Plötzlich trat der Fahrer auf die Bremse, sodass alle gegen die Vordersitze geschleudert wurden. Sie schrien wie wilde Tiere. Wir sahen eine Rundung aus in die Jahre gekommenen Bögen.

»Kinder«, verkündete Hogstein, als müsste das noch einmal klargestellt werden, »wir haben das Kolosseum erreicht. Muss irgendjemand auf Toilette?«

Mit unseren dämlichen orangefarbenen Caps bildeten wir eine Reihe und trudelten wie eine megaauffällige Raupe hinein. Ich kam mir vor wie in einem riesigen Kessel, dem einige Teile fehlten. Der Boden war einigermaßen eben, aber es gab noch eine tiefer liegende Fläche. Wir sahen Touristenführer, die wie römische Centurios gekleidet waren. In dieser Hitze konnten sie wahrscheinlich keine echte Metallrüstung tragen.

Horden von Touristen strömten hinein. Es gab ältere deutsche Pärchen, amerikanische Familien, junge Männer mit riesigen Rucksäcken, mittelalte japanische Frauen und viele mehr. Die Amerikaner brachten sich mit den Centurios in Pose und machten Selfies. Die meisten fotografierten erst mal, bevor sie sich überhaupt irgendetwas ansahen. Niemand warf einen genaueren Blick auf die Dinge. Selbst wenn man als Mitglied des G.P.V. auf gründliches Hinschauen geschult ist, gibt es immer eine Kleinigkeit, die man übersieht.

Hogstein stand mitten im Kies und hob seine Arme, um unsere Aufmerksamkeit zu erlangen. Die Schweißflecken unter seinen Armen waren so groß, dass sie sich fast schon in der Mitte seines Brustkorbs trafen.

»Seht euch um, Kinder. Ihr steht an einem der faszinierendsten Orte der antiken Welt.«

»Wo sind das Blut und die Eingeweide?«

»Nicht jetzt, Dexter. Kinder – wir sollten uns in zwei Gruppen teilen. Miss Odedra geht mit euch …« Er schüttelte seine Schwabbelarme in Richtung der Strebermädchen in der ersten Reihe. »Und ihr …« *Bitte nicht ich*, dachte ich. »… kommt mit mir.« Natürlich.

Die Klasse zerstreute sich und wir folgten Hogstein in das geteilte Untergeschoss.

Schmale Tunnel verliefen von einer Seite zur anderen.

»Lest euch die Arbeitsblätter durch, Kinder. Wer kann mir sagen, wofür dieser Teil des Kolosseums genutzt wurde?«

»War hier das Klo, Sir?«

»Nein, Dexter. Trotzdem würden Männer hier wahrscheinlich urinieren.«

Die ganze Gruppe kicherte.

»Ihr steht hier im sogenannten Hypogeum: der Umkleidekabine. Schreibt das auf, Jungs. Hier haben sich die Gladiatoren mental vorbereitet. Ihre Waffen geschärft, ihre Strategie durchdacht und gebetet –«

»Und sich in die Hose gemacht!«

Die Idioten kicherten noch mehr.

»Du hättest dir vielleicht auch in die Hose gemacht, Dexter, wenn du vor Tausenden von Leuten mit dem sicheren Tod konfrontiert worden wärst.«

Wir gingen wieder eine Etage nach oben. Die jungen Männer mit Rucksäcken hatten sich die unechten Schwerter der Centurios geschnappt und wirbelten damit herum. Die Centurios schienen nicht sonderlich beeindruckt zu sein und starrten an ihnen vorbei. Um genau zu sein, starrten sie uns an. Insbesondere mich.

»Und jetzt noch eine Frage, Kinder. Warum wurden hier die Christen von den Römern getötet?«

»Weil sie einen anderen Gott verehrten, Sir.«

»Exzellent, Robin.«

Hogstein holte ein Lineal hervor. »Deshalb benutzten die Christen früher immer einen geheimen Code.«

Er zeichnete mit dem Lineal einen großen Bogen in den Kies.

»Wenn das Gegenüber auch Christ war, hat es eine andere Linie hinzugefügt.«

Hogstein zeichnete eine zweite Linie. Die beiden Zeichen ergaben zusammen diese Form:

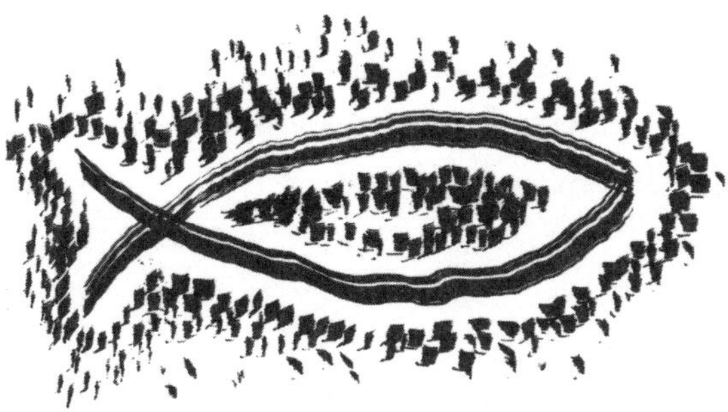

»Der christliche Fisch. Das war ihr Erkennungszeichen. Faszinierend, oder?«

Alle starrten auf den Boden. Ich dachte an die Anchovi, die auf meinen Zeh tätowiert war. Mein eigenes Erkennungszeichen. Ich blickte auf und sah die Centurios, die mich immer noch fixierten.

»Alles klar. Übung drei auf dem Arbeitsblatt. Findet irgendetwas Besonderes im Kolosseum und fertigt eine kleine Skizze in dem Kästchen an. Geht zu zweit und seid in 15 Minuten zurück. Irgendwelche Fragen?«

Ob sie es nun verstanden hatten oder nicht – alle schossen in unterschiedliche Richtungen los, Hauptsache weg. Ich hatte keine Lust, mit Dexter, König der Rotzköpfe, losgeschickt zu werden, also tauchte ich wieder ins Hypogeum ab. Hier war es ruhig und kühl. Ich setzte mich auf die unterste Stufe und nahm mein Etui heraus. Mein Blick fiel auf eine kleine Steinritzung, aber ich erkannte nicht wirklich, was es war.

Mein Geist wurde irgendwie müde und ich war kurz davor wegzunicken, als ein schriller Ton die Luft durchschnitt.

PIEEEEEEEEEEEEEEEEEEEEEEEEEEEEEEEEEP!

Ich erstarrte.

PIEEEEEEEEEEEEEEEEEEEEEEEEEEEEEEEEEP!

Es war nicht zu überhören. Ich blickte auf die Uhr, die mir Camillo gegeben hatte.

Ich klappte die Pizzaoberfläche auf und sah einen roten Punkt auf dem Bildschirm aufblitzen. Was hatte er mir zu den Pieptönen gesagt?

PIEEEEEEEEEEEEEEEEEEEEEEEEEEEEEEEEEP!

Irgendwo über mir näherten sich Schritte. *Flip-flap.*

Camillos Worte waren wieder da.

Das ist das Gefahrensignal. Wenn du es hörst, verlasse sofort den Ort, an dem du gerade bist.

PIEEEEEEEEEEEEEEEEEEEEEEEEEEEEEEEEEP!

Ich drückte meinen Fingernagel in den Knopf an der Seite, um die Uhr zum Schweigen zu bringen.

»Gibt's Probleme?«

Das war ein tiefer, barscher amerikanischer Akzent. Ich blickte auf und sah oben an der Treppe ein Paar gebräunte Füße, die in Sandalen steckten. Puh, dachte ich. Nur einer von diesen Touristen. Dann kam das Sandalenpaar die Treppenstufen zu mir herunter. *Flip-flap-flip-flap*. Ich blickte wieder auf und bemerkte meinen Fehler. Das war kein Tourist. Das war einer der Centurios. Er trug einen Speer, den er vorher noch nicht gehabt hatte. Bevor ich darüber nachdenken konnte, warum das seltsam war, ging die Uhr wieder los.

PIEEEEEEEEEEEEEEEEEEEEEEEEEEEEEEEEEP!

Ich sah auf den Bildschirm und dort erschien ein Text:

Sofort raus!!!

Als ich aufstand, zischte etwas über meinen Kopf und sorgte dafür, dass ich mich schnell wegduckte.

Ich öffnete die Augen und erblickte das dumme Cap, das mit einem zitternden Speer an die Wand geheftet war. An diesem Punkt dachte ich nicht mehr nach. Ich rannte einfach nur. Ich spürte den Atem des Centurios, als er mich zu Boden reißen wollte. Meine Ferse rammte sich in seine Zähne und ich raste durch das Hypogeum. Ich schoss in einen der Tunnel, bog links in einen anderen ab und dann rechts in einen kleineren. In der Ferne hörte ich das Gequatsche der Touristen. Aber woher kam das? Als ich um eine Ecke preschte, wirbelte eine Wolke aus Sand auf. Die Sandalenfüße tauchten wieder auf und rannten weiter. Erneut vernahm ich das kreischende Zischen des Speers. In meinem ganzen Leben war ich

noch nicht so schnell gerannt. Würde mich ein römischer Centurio beim Sporttag in der Schule mit einem Speer jagen, bekäme ich jedes Mal die Goldmedaille.

»Komm sofort wieder hierher!«

Ganz bestimmt nicht. Ich warf mich noch eine Etage weiter nach unten, indem ich über ein Gerüst rollte. Ich rannte weiter, ohne zu schauen, denn alles sah gleich aus. Dann sah ich ihn wieder: eine behelmte Silhouette vor mir, die in meine Richtung stürmte. Ich erkannte, dass es der zweite Centurio war – sie griffen mich von beiden Seiten an! Ich war geliefert – außer ich schaffte es, eine fiese, knubbelige alte Wand ohne Greifmöglichkeiten hochzuklettern. Ich kraxelte nach oben, meine Knöchel schrammten an den Steinen entlang. Weiter oben befand sich ein Teil des Gerüsts. Ich rollte mich darauf und linste durch die kleinen Löcher der Metallböden. Ich sah die Rüstung des zweiten Centurios aufblitzen, brutal funkelnd. Er blickte sich um. In diesem Moment – im Augenblick meiner größten Angst und, ich gebe es zu, kurz bevor ich mir fast in die Hose gemacht hätte – passierte etwas Lachhaftes. Ein schnulziger Klingelton schallte durch das Hypogeum. Ein blecherner Discohit. Er kam vom Centurio. Er hielt sich das Telefon ans Ohr – das natürlich vom Helm verdeckt war – und schnauzte hinein.

»Ja. Hast du ihn? … Krass, Bruno. Bin gleich da.«

Er legte auf, spuckte in den Sand und marschierte davon.

Ich lag auf dem Gerüst, vollkommen außer Atem. Bruno? Der Angriff auf das Labor! Die barschen amerikanischen Akzente! Was waren das für Leute? Und warum hatten sie plötzlich aufgehört, mich zu jagen?

Meine Fingerknöchel bluteten. Heiße Tränen rannen über mein Gesicht. Hogstein. Ich musste Hogstein finden. So vorsichtig wie möglich streckte ich meinen Kopf aus der Öffnung. Ich befand mich am nördlichen Ende des Kolosseums. Ich scannte die Umgebung ab und sah das Orange der Caps und meine Mitschüler, die um die Lehrer herumschwirrten. Noch nie hatte ich mich dermaßen gefreut, Hogstein zu sehen. So schnell ich konnte, raste ich auf sie zu – meine Lungen waren kurz vorm Zerbersten.

Hogstein schoss herum.

»Kingsley! Was zum Teufel spielst du hier, Junge? Deinetwegen verlassen wir zu spät das Hotel und deinetwegen verlassen wir zu spät das Kolosseum! Ich hätte gerne eine Erklärung –«

»Arnold«, unterbrach Miss Odedra ihn. »Na los, Colin.« Sie sah, wie durcheinander ich war.

Ich entdeckte Robin und stellte mich mit ihm in eine Reihe.

»Alles klar, Kumpel?«, fragte er mit wackliger Stimme. »Willst du meine Zeichnung sehen?«

»Nein.«

Wir waren bei den Drehkreuzen.

Ich hörte ein klatschendes Geräusch hinter uns. *Flip-flap-flip-flap.*

»Entschuldigung, Sir, Entschuldigung!«

Die Centurios! Sie hatten die Gruppe eingeholt und strahlten Hogstein an. Ich sah, dass ihm einer mein orangefarbenes Cap aushändigte. Er entdeckte mich und rief: »Das hast du vergessen, kleiner Kumpel!«

Ich wandte meinen Blick ab. Hogstein nickte ihnen zu, dann verzog er sein Puddinggesicht zu etwas, das als Lächeln durchgehen konnte. Als wir in den Bus stiegen, kam er zu mir.

»Was für freundliche Kerle. Exzellentes Englisch. Die klangen nicht im Entferntesten nach Italienern.« Er reichte mir das Cap. »Schrecklich nett von ihnen, Kingsley. Noch mal Glück gehabt, was?«

Der Bus fuhr los und ich blickte zurück. Die Centurios standen vor dem Eingang und winkten uns mit einem ekelhaften Grinsen.

»Was haben die beiden zu Ihnen gesagt, Sir?«

»Dass sie hoffen, uns bald wiederzusehen.«

Kapitel 10

Wir waren gerade ein paar Minuten gefahren, als ich schon wieder das schreckliche Geräusch vernahm.

Piep! Piep!

Pieptöne aller Art sorgten jetzt bei mir für Schweißausbrüche. Zum Glück war es nur eine Nachricht meiner Mutter.

Alles okay?

Alles bestens, schrieb ich zurück. Bis auf die Tatsache, dass ich an einem Ort des UNESCO-Weltkulturerbes beinahe mit einem Speer getötet wurde.

Okay, freut mich, dass du Spaß hast. Hab dich lieb, Liebling, Schätzchen, Engel xxx

Rufflington erschien mir inzwischen wie ein anderer Planet.

Rom ließ sich schwer fassen nach dieser Attacke auf mich. Nach dem Kolosseum fuhren wir noch an ein paar andere Orte. Wir stiegen eine Wahnsinnstreppe hoch, die aus irgendeinem Grund als »Spanische Treppe« beschrieben wurde. Wir sahen eine Menge Kirchen. Wir sahen einen Balkon, der zu einem kleinen, gemeinen, glatzköpfigen Typen namens Mussolini gehörte. Und apropos kleine, gemeine, glatzköpfige

Typen – wir mussten sehr viel Gelaber von Hogstein über uns ergehen lassen.

Als wir wieder die Stufen zu unserem Hotel hochgingen, hellte sich seine Stimmung auf. Vielleicht war es die Aussicht auf Lasagne.

»Alles okay bei dir, Kingsley?«

»Ja, Sir.«

»Hör zu, Kingsley. Es tut mir leid, dass ich dich angefahren habe. Wir haben uns einfach nur Sorgen gemacht, das ist alles. Du sagst uns, wenn irgendetwas los ist, oder, Junge?«

Auf seinem fleckigen Gesicht war ein freundlicher Schimmer zu erkennen.

»Ja, Sir.«

»Guter Junge. Sehen wir uns beim Abendessen?«

Piep-piep! Piep-piep!

Dieses Mal war es definitiv meine Uhr.

»Wir sehen uns später, Sir.«

Ich versteckte mich hinter einer Topfpflanze und klappte die Pizzaoberfläche hoch. Auf dem Bildschirm erschien Prinzessins Gesicht.

»Anchovi, geht es dir gut?«

»Ja, denke schon.«

»Ich kann echt nicht glauben, wie knapp das vorhin war.«

»Hat der große Alan Fresco diese Centurios geschickt?«

»Gut möglich. Ich kann jetzt nicht reden. Geh um 22 Uhr in die Hotelküche. Sag den G.P.V.-Spruch.«

Das Gesicht wurde zu einem Punkt auf dem Bildschirm.

Kurz und schmerzlos, so war Prinzessin. Ich stellte mir ihren Job ziemlich stressig vor. Besonders, wenn es blinde Passagiere gab, Kidnappings oder Leute, die beinahe einen Speer in den Kopf bekommen hatten. Wieder dachte ich an die beiden Centurios. Gab es eine Verbindung zwischen ihnen und der Morddrohung? Ich zog den Zettel hervor und las ihn noch einmal:

Nächstes Mal schläfst du
bei den Anchovis.

Irgendwie kam mir das bekannt vor. Es fühlte sich an, als wäre ich schon einmal auf dieselbe Art bedroht worden. Aber daran hätte ich mich doch erinnert, oder nicht?

Zurück im Zimmer wusch ich mich schnell und zog ein paar frische Klamotten an. In meinem Kulturbeutel fühlte ich etwas Metallisches in L-Form. Camillos Püree-Pistole.

Ich zögerte, dann steckte ich sie in meinen Mantel.

»Kommst du zum Essen, Colin?«

Robin kam zu mir gewatschelt. Er war ein lustiger Typ. Ruhig, er schlief viel, aber ich mochte ihn.

»Ja.«

Die Lasagne war warm und cremig und ich schlang eine ganze Stange Knoblauchbaguette hinunter. Die anderen Kinder wirkten alle putzmunter und heiter nach unserer Sightseeing-Tour in der Sonne.

Ich nehme an, sie hatten im Vergleich zu mir alle ein paar andere Tage hinter sich.

Wir hatten gerade das Tiramisu aufgegessen, als Hogstein sich räusperte.

»Ich hoffe, ihr hattet einen schönen Tag, Kinder. Morgen erwartet euch ein noch größeres Vergnügen. Wer kann mir sagen, was der Vatikan ist?«

»Da lebt der Papst, Sir.«

»So in etwa, Robin. Es ist der Hauptsitz der römisch-katholischen Kirche. Wir werden den beeindruckenden Petersdom sehen und die Sixtinische Kapelle. Was haltet ihr davon?«

»Gibt es da einen Souvenirladen? Meine Mutter will einen Kühlschrankmagneten haben.«

»Vielleicht, Annabel, vielleicht. Wie auch immer – wir wollen morgen früh starten, deshalb ist um 21 Uhr das Licht aus.«

Die anderen stöhnten oder stießen Buhrufe aus.

»RUUUUUUUUUUUUHE!«

Um 22 Uhr lief ich auf Zehenspitzen in die Küche und klopfte an die Tür.

»*Si?*«

Ich musste kurz überlegen, bevor mir der G.P.V.-Spruch einfiel.

»*Aureum in spatha est, vivat spatha.*«

Prinzessin öffnete die Tür.

»Hier lang, Anchovi.«

Die Küche war verwaist, der Geruch von Bleichmittel lag in der Luft und eine Fliege schwirrte herum.

Ich dachte an die Küche meiner Eltern in Caesars Pizzeria nach Ladenschluss. Prinzessin führte mich aus der Hintertür und zu einem riesigen Müllcontainer auf Rollen.

»Rein mit dir.«

»Was?«

»Wie lange willst du mir noch Fragen stellen, wenn ich dich auffordere, irgendwo hineinzuklettern?«

»Na ja, du forderst mich auf, in merkwürdige Dinge zu klettern.«

»Zum Beispiel?«

»Zum Beispiel in Betriebsfahrt-Busse und berühmte Brunnen und riesige Eiswaffeln … und jetzt in Müllcontainer.«

»Das ist kein Müllcontainer.«

Sie öffnete eine kleine Platte an der Seite der Mülltonne. Was seltsam war, denn normalerweise hob man ja den großen Deckel oben an.

»Hat Camillo gebaut. Das wird dir gefallen.«

Sie kroch hinein und ich folgte ihr. Langsam wurde das zur Gewohnheit.

»Boah.«

Das war der netteste Müllcontainer, in dem ich je gewesen war. Es gab einen funkelnden Computer, sanft leuchtende Lampen, Kissen, Teppiche, einen Minikühlschrank, oh, und ein Steuerrad.

An dem saßen zwei vertraute Gesichter: die Zwillinge von der Bowlingbahn, die sämtliche Stimmen imitieren konnten.

»Hallo, Anchovi.«

Wieder sprachen sie in meiner eigenen Stimme – und das war ein bisschen unheimlich.

»Du erinnerst dich an Yaconda und Yelena, Anchovi?«

»Hi.«

»Du solltest diesen beiden aus tiefstem Herzen danken.« Prinzessin holte eine Glasflasche mit pinker Limonade hervor und trank gierig daraus. »Sie haben dir vorhin das Leben gerettet.«

»Das haben wir«, sagten die Zwillinge einstimmig und sprachen jetzt in Prinzessins Stimme.

»Weißt du noch, wie du von den beiden Centurios gejagt wurdest, Anchovi?«, fragte Yelena in einer quietschenden, ganz anderen Stimme.

Es war nicht sehr wahrscheinlich, dass ich das jemals vergessen würde.

»Ich erinnere mich, wie einer ans Telefon gegangen ist, weil der andere sagte, er hätte mich gefangen.«

»Richtig. Wir haben das alles überwacht.« Sie drehte etwas, das ein Zündschlüssel sein konnte. »Camillo hat sich im Handumdrehen in ihre Telefone gehackt, eine Audiodatei mit ihren Stimmen herausgezogen und dann haben wir die Stimme des einen imitiert, um den anderen abzuschütteln.«

»Ähm, nur ich habe die Stimme imitiert, Yack«, schaltete sich Yelena ein.

»Ist doch auch egal, Lena«, sagte Yaconda, diesmal in einer heiseren Gangsterstimme. »Jedenfalls hatte ich die Idee.«

»So oder so war es beeindruckend«, sagte ich.

»Danke, kleiner Kumpel!« Jetzt imitierten sie die Stimme des Centurios – auf perfekte Art und Weise. Ich erschauderte.

Prinzessin lachte. »Wir fahren zu La Casa Bianca, Anchovi.«

»In diesem Ding hier?«

»Es ist zu riskant, das Mini-U-Boot zwei Nächte nacheinander zu benutzen. Außerdem verbraucht es zu viel Batterie.«

Yelena betätigte die Gangschaltung und der Müllcontainer schlingerte vorwärts.

»Festhalten«, sagte Prinzessin. »Es gibt einen Anschnallgurt, den du auch anlegen solltest.«

»Festhalten!«, sagten Yelena und Yaconda in Prinzessins Stimme.

Ich schnallte mich an und wir fuhren los, jagten über die Straße aus Kopfsteinpflaster.

Die Zwillinge zankten sich weiter.

»Ey, Lena, bist du irre? Im dritten Gang über Kopfsteinpflaster?«

»Hör auf zu quasseln, Yack! Die große Schwester hat das unter Kontrolle!«

»Wir werden uns nicht in den regulären Verkehr einreihen, oder?«, fragte ich Prinzessin.

»Anchovi, bitte. Du siehst doch, wie geländetauglich wir sind.«

Der Müllcontainer ratterte wie verrückt über noch mehr Kopfsteinpflaster. Ich bedauerte, dass ich so viel Lasagne gegessen hatte.

»Diese Gassen durchqueren endlose Häuserblöcke, vorbei an Cafés und Restaurants. Gehören alle zum G.P.V.« Sie nahm einen weiteren Schluck der pinken Limonade. »Was bedeutet, dass es ihnen egal ist, wenn ein motorisierter Müllcontainer an ihrer Hintertür vorbeifährt.«

»Mir ist schlecht.«

»Hör zu, Junge – es muss dir besser gehen, ob du willst oder nicht. Heute ist die Nacht der Nächte.«

»Ähm …« Ich begann zu schwanken. »Was heißt das?«

»Das heißt, dass wir auf den großen Alan Fresco treffen. Deine erste Auslieferung.«

»Du meinst … Ich gehe *heute* dorthin? Zu dem Typen, der zwei Centurio-Touristenführer auf mich gehetzt hat, die mich töten sollten?«

»Ja. Und wir wissen das nicht mit Sicherheit, Anchovi.«

»Ich glaube, ich muss kotzen.«

Prinzessin schnaubte. Yelena nahm den Bezug von einem der Kissen und hielt ihn unter mein Kinn.

»Bitte hier rein, Anchovi-Junge.«

»Wenn du wirklich kotzen musst«, fügte Yaconda in einer wackligen Roboterstimme hinzu.

Musste ich. Ekelhaft stinkende Nudelstücke und Hackfleisch schossen aus meinem Hals und meinen Nasenlöchern. Die Kissenbezug-Kotztüte wurde immer praller.

Yelena öffnete die Luke und schleuderte den Bezug in einen richtigen Mülleimer. Einen, der nicht die holprigste Straße aller Zeiten entlangraste.

»Weißt du überhaupt«, sagte Yaconda und sprach seltsamerweise in Hogsteins Stimme, »dass es im Lateinischen das Wort *vomere* gibt? Das bedeutet so viel wie ausspeien oder erbrechen. Und als *Vomitorium* wird ein Zugang zu den Sitzreihen des Kolosseums bezeichnet, weil es so aussieht, als würden die hereinströmenden Zuschauer ausgespuckt werden.«

»Das habe ich auf meinem Arbeitsblatt nicht gesehen«, stöhnte ich.

Prinzessin warf mir ein Klamottenbündel zu.

»Du musst das hier tragen.«

Es war die Uniform vom La Casa Bianca, der Lieblingspizzeria des großen Alan Fresco.

»Der Koch dort ist eine mürrische alte Zitrone«, sagte Prinzessin, »du wirst also nicht viel Unterhaltung haben.« Dann tat sie etwas sehr Unerwartetes: Sie steckte ihre Finger in mein Ohr.

»Ähm, was tust du da?«

»Pst, Anchovi! Ich gebe dir nur deine Hörkapsel.«

Ich fühlte ein Stück Plastik in meinem Ohr und hörte weit entfernte Stimmen.

»Ich gehe davon aus, dass dein Italienisch grottenschlecht ist«, fuhr sie fort, »deshalb werden dir Yelena und Yaconda ein wenig helfen. Camillo ist auch zugeschaltet. Wiederhole einfach alles, was sie sagen.«

Die Zwillinge nickten mir aufmunternd zu.

»Denk dran«, sagte Prinzessin, »die Polizei lässt dich in Frescos Haus, wenn du den Wachen dein G.P.V.-Tattoo zeigst.«

Ich war dankbar, dass die Fahrt in der ratternden Kotzkiste nun beendet war. Als ich heraustaumelte und frische Luft einatmete, fühlte ich mich langsam besser. Dann erblickte ich La Casa Bianca und mir war sofort wieder schlecht.

Kapitel 11

Es war ein lang gezogenes, weißes Gebäude an der Ecke mit rotem und grünem Schickschnack über dem leuchtenden Eingang. Die Leute im Inneren trugen Smokings oder seidig glänzende schwarze Kleider und hingen voll mit Juwelen. Ein paar knabberten an ihrer Pizza, während sich andere um einen Roulette-Tisch drängten. Das war nicht einfach nur eine alte Pizzeria – das war eine Kunstdieb-Pizzeria. Ein griesgrämig blickender Typ stand in einem weißen Overall an einer Nebentür und rauchte. Ich schielte auf das Namensschild – *Tomasi*.

Die Stimmen der Zwillinge knarzten in meinem Ohr:

Sag, dass du wegen des Jobs hier bist – »Sono qui per il lavoro …«

Gefolgt von einem: *Ein bisschen einfach, Yack.*

Ich wiederholte den Satz, ziemlich schlecht, und zeigte auf meine La-Casa-Bianca-Uniform. Tomasi drückte seinen Zigarettenstummel aus und deutete mit dem Daumen über seine Schulter. Als wir eintraten, schlug mir eine Wolke Fettgeruch entgegen. Ich betrachtete seinen knubbligen Rücken, folgte ihm durch ein Labyrinth aus Lagerräumen. Er drückte unzählige Schwingtüren auf und schließlich hatten wir die Hauptküche erreicht. Der Raum war von Lärm erfüllt: klirrendes Metall, bullernde Gasflammen und das Rattern Dutzender Messer, die etwas klein hackten. Tomasi ließ seine Fingerknöchel knacken, zeigte auf einen Stapel Pizzakartons und knurrte: *»Guai a te se ti muovi e sta zitto!«*

Stell dich hierhin und halt die Klappe, übersetzte Yelena.

So ungefähr …, tadelte Yaconda.

Er nahm eine Handvoll Teig und pfefferte ihn auf die Arbeitsplatte. Einer seiner Kiefermuskeln zuckte. Er ertränkte den Teig in Tomatensoße, warf ein paar Beläge auf seine zugerichtete Kreation und schob sie in den Ofen. Dann knurrte er wieder etwas in meine Richtung und die Zwillinge übersetzten:

Wenn Signor Fresco die Pizza nicht mag, bringst du sie zurück, verstanden?

Ich nickte. Wenn er sie nicht mochte? Das war seltsam. Es hieß doch, Fresco war verrückt nach Pizza.

Ich klappte eine der Schachteln auf, um ein wenig Einsatz zu zeigen. Tomasi öffnete den Ofen, klatschte die Pizza in die Schachtel und kam mit seinem Gesicht ganz nah an meines heran. Sein Zigarettenatem schlug mir heiß ins Gesicht. Die Zwillinge sagten nichts.

Camillos Stimme meldete sich zu Wort: *»Wenn du diese Pizza berührst, Bambino«*, – Tomasis knochige Finger ballten sich zu Fäusten, *»bist du tot.«*

Er schob mich durch eine andere Tür nach draußen und deutete auf ein altes Fahrrad. Die Straße zur Villa Campino

schlängelte sich bergauf in die Dunkelheit, die vom Zirpen der Heuschrecken erfüllt war. Meine Uhr piepte wieder.

So weit, so gut, Anchovi.

Ich fuhr durch eine Straße mit Olivenbäumen und sah in der Ferne ein rotes Leuchten: Polizeiautos. Es war das Tor zur Villa Campino, von Polizisten umstellt. Weitere saßen in einem Kontrollstand. Ich näherte mich und eine der Polizistinnen hob ihre spitzen Augenbrauen.

»Ich komme mit der Pizza für den großen Alan Fresco.«

Sie erwiderte nichts, woraufhin meine Uhr wieder piepte.

Zeig ihr das Zeichen.

Das Zeichen! Es wirkte nicht sonderlich gekonnt, doch ich hielt meinen Fuß in das Fenster und zog meine Socke runter. Es duftete nicht gerade nach Rosen. Die Polizistin betrachtete das Anchovi-Tattoo auf meinem Zeh. Sie blickte mich wieder an. Eine ihrer spitzen Augenbrauen senkte sich. Die andere bog sich noch höher. Sie atmete tief ein, drehte sich in ihrem Stuhl um und gab den Beamten draußen ein Zeichen. Die Tore öffneten sich rumpelnd und ich wurde zur Villa geführt. Efeu rankte sich an den erdbeerroten Wänden empor wie Stoppeln auf einem schlecht rasierten Kinn.

Im Inneren wurde die Pizza durch einen riesigen Scanner geschickt, wie es sie an Flughäfen gab. Dann kam ein Schrank von Polizist auf mich zugeschritten – mit breitem Kreuz und graumeliertem Igel-Haarschnitt.

»Bist du der Lehrling?«

Ich nickte.

»Hauptkommissar Crudo«, donnerte er und zerquetschte meine Finger in seiner klotzigen Hand. »Wir sind ebenfalls auf der Suche nach dem *Mädchen mit einem Streifenhörnchen*.«

»Meinen Sie nicht *Mädchen mit einem Eichhörnchen*?«

Er klopfte mir mit einer Hand auf die Schulter.

»Hör zu, Anwärter … wie auch immer es heißt – es ist irgendwo in diesem Haus versteckt. Die Indizien lassen keinen anderen Schluss zu.«

Er führte mich durch einen kleinen, gefliesten Vorraum mit Regalen voller weicher Handtücher. In der Ecke blubberte ein Wasserspender vor sich hin. Am Ende befand sich eine Milchglastür, an der zwei Wachen standen.

»Alan Frescos private Dampfsauna. Er hat dieses verdammte Ding noch nie verlassen.«

Crudo klopfte an die Tür.

»Ich hoffe, du bist bereit, Anwärter.«

Kapitel 12

Ich blinzelte im Nebel, um zu begreifen, was ich sah. Alles war irgendwie birnenförmig. Ich meine – er hatte genau genommen die Form einer riesigen Birne. Unten ein großer Klumpen mit einem seltsam glatten, schmalen Oberteil. Ich sage »seltsam« – eigentlich sah er fast nicht real aus. Und obwohl er mir wahrscheinlich zwei Centurios auf den Hals gehetzt, ein Labor niedergebrannt und die Entführung eines kleinen Kindes eingefädelt hatte, tat er mir irgendwie auch leid.

»Die Pizza«, keuchte er.

Ich wischte mir über die Stirn und ging mit der Pizzaschachtel auf ihn zu. Durch den Dampf streckte er seine Hand aus und griff danach. Ich sah, wie er die Schachtel öffnete und den Belag kritisch beäugte. Irgendwie hatte ich erwartet, dass er die Pizza blitzschnell hinunterschlingen würde, anstatt sie auseinanderzupflücken.

»Tja …«, sagte ich zögerlich, »jede Menge los in Ihrem Haus, was, Mr Fresco?«

Er stieß ein langes Schnaufen aus und ignorierte mich.

Also wandte ich mich gleich dem Hauptthema des Tages zu.

»Ähm … sind Sie mit dem Gemälde *Mädchen mit einem Eichhörnchen* vertraut?«

Es entstand eine Pause, während er seine Pizza begutachtete.

»Ich habe Mädchen gesehen. Ich habe Eichhörnchen gesehen. Aber keine Gemälde, die so heißen, kleiner Junge.«

Ich musste es anders versuchen.

»Mögen Sie den Künstler Leonardo da Quincy?«

»B-Liste. Ich kenne nur wenig von ihm.«

Ich versuchte, mir in Erinnerung zu rufen, was ich über dieses Gemälde erfahren hatte – auf dem Zettel, den ich die Flugzeugtoilette hinuntergespült hatte. Ich stellte mir das Dokument wie ein Standbild vor, eingefroren in meinem visuellen Gedächtnis. Dann bekam ich langsam eine Ahnung.

»B-Liste?«, fragte ich und tat überrascht. »Aber ich habe gehört, dass es 20 Millionen Dollar wert sein soll.«

»Selbstverständlich.«

»Selbstverständlich? Sie denken also, dieser Künstler ist ein Niemand, aber ist trotzdem 20 Millionen Dollar wert?«

Er knabberte an einem Stück Peperoni – um Zeit zu schinden.

»Würden Sie aus Ihrer enormen Erfahrung heraus sagen, Mr Fresco, dass es sich lohnen würde, ein so kostbares Gemälde zu stehlen?«

Ich wusste nicht, ob es an meiner Frage oder der Dampfsauna lag, dass er ins Schwitzen geriet.

»Hol mir ein Handtuch, du kleines Balg.«

Zum Glück schien er nicht das benutzen zu wollen, das er um seine gigantische Hüfte gebunden hatte.

Ich holte ihm eins und ohne ein Danke trocknete er sich ab.

»Ich habe keine Ahnung, warum diese Polizisten Jagd auf mich machen … ich bin ein Künstler! So vielen Menschen habe ich Schönheit geschenkt!« Er sortierte eine grüne Peperoni aus. »Und dafür werde ich bestraft? Stell dir selbst einmal die Frage, Junge: Was ist das eigentliche Verbrechen gegen die Kunst?«

Der Dampf sammelte sich in juckenden Schweißperlen. Er wurde mir gegenüber tiefgründig und gehaltvoll.

»Du kannst diese Frage nicht beantworten«, schnaufte er, »denn du bist zu jung.«

»Ich in nur ein Pizzabote, Sir.«

In all dem Dampf konnte ich sein Gesicht nicht sehen, deshalb kam das, was als Nächstes geschah, ziemlich überraschend. Er ließ die Pizza sinken und brach in schallendes Gelächter aus. Als dieser Schrank von Mann aufgehört hatte, am ganzen Körper zu beben, schob er mir die Schachtel herüber.

»Nimm das wieder mit. Ich habe keinen Hunger.«

Er hatte nicht einen einzigen Happen gegessen.

Crudo lief ungeduldig im Vorraum auf und ab. Ich trocknete mich mit einem weichen Handtuch ab und schüttete einen Becher eiskaltes Wasser hinunter.

»Was hat er gesagt?«, knurrte er.

»Ähm ... nur, dass er ein Künstler ist, Hauptkommissar. Und dass ich zu jung bin, um das zu verstehen.«

»Nutzlos! Ich dachte, du kommst vom G.P.V.!«

Er marschierte mit mir zurück und durch den Sicherheitsbereich. Mein Fahrrad lehnte immer noch am Kontrollstand.

»*Arrivederci*, Junge.«

Ich ließ mich im Leerlauf den Berg hinunterrollen und sog die kühle Luft ein.

Eine spindeldünne Figur stand im Lichtschein von La Casa Bianca. Tomasi.

Ich reichte ihm die unangetastete Pizza in der Schachtel.

Er scheuchte mich mit einer Handbewegung weg. Ich hätte erwartet, dass er wenigstens irgendetwas sagt. Aber als ich die Straße hinunterging, ertönte ein fieses Geräusch über den Parkplatz hinweg. Erst hielt ich es für das Quaken eines übergeschnappten Ochsenfrosches. Dann wurde mir klar, dass es Tomasi war – er *lachte*. Irgendetwas roch hier verdächtig, und ausnahmsweise war es mal keine Anchovi-Pizza.

Kapitel 13

Piiiiiiiiiiiiiiiiiiiiiiiiiiiiiiiep!

Da war es wieder: das Gefahr-Piepen. Ich scannte verzweifelt die Menge ab.

»Wieso hängst du denn permanent an dieser Uhr, Kingsley?«, bellte Hogstein.

»Tut mir leid, Sir.«

Piiiiiiiiiiiiiiiiiiiiiiiiiiiiiiep!

»Hast du nicht einen Funken Anstand, Junge?«

Ich grub meinen Nagel in die Uhr und stellte den Alarm aus. Wir hielten uns gerade in der Sixtinischen Kapelle auf. Um uns herum waren massenhaft Touristen, die beim Anblick der berühmten bemalten Decke in Ahs und Ohs verfielen. Gut möglich, dass mich einer von denen töten wollte.

»Du solltest nach oben schauen«, flüsterte Hogstein, »zu einem der beeindruckendsten Kunstwerke der Welt.«

Bis zu diesem Augenblick ich Michelangelo einfach nur für meinen zweitliebsten Teenage Mutant Ninja Turtle gehalten (nach Donatello natürlich). Aber offensichtlich war er ein ziemlich wichtiger Maler.

»Stell dir das mal vor, Kingsley – Michelangelo hat das auf dem Rücken liegend gemalt. Blind, als ihm die Farbe in die Augen tropfte.«

Das war unglaublich. Ich konnte nicht mal mit einem Stift zeichnen, wenn ich eine halbe Stunde auf einem Stuhl saß. Dieser Typ hatte auf dem Rücken liegend eine riesige Kirchendecke bemalt.

In der Mitte war ein muskulöser Jesus zu sehen, um ihn herum ein Strudel aus nackten Körpern, die entweder zu ihm hochflogen oder hinunter in eine schmutzig wirkende Grube. Menschen wurden mit Mistgabeln gestoßen, in Flammen gezerrt und verzogen deshalb ihre Gesichter. Es wirkte wie ein riesiger Wrestling-Kampf im Himmel. Es gab sogar einen bärtigen Typen, der ein schlaffes Stück menschlicher Haut in den Händen hielt. Ich konnte meinen Blick nicht abwenden. Es sah aus wie ein Overall oder ein Fatsuit ohne einen Menschen darin.

Wir verließen die Sixtinische Kapelle wieder und latschten über den

Petersplatz. Wachen in rot-gelben Narrenkostümen mit fluffigen weißen Dingern auf dem Kopf standen mit riesigen Äxten da. Ich spürte ihre Blicke auf uns.

Dann ging es wieder los.

Piiiiiiiiiiiiiiiiiiiiiiiiiiiiiep!

Ich blickte zu den Wachen zurück. Wieder die Centurios?

Piiiiiiiiiiiiiiiiiiiiiiiiiiiiiep!

»Kingsley! Ich beschlagnahme diese verdammte Uhr, wenn das so weitergeht!«

Ich stellte sie leise. Wie durch ein Wunder liefen die Wachen in die entgegengesetzte Richtung davon.

Wir gingen ein paar Marmorstufen zu einem Museum hoch und Hogstein fing wieder an zu schwafeln.

Es handelte sich um die Uslizi Galerie. Wenigstes gab es ein paar weiche Ledersitze. Aus einer Ecke drang sogar Englisch zu uns herüber – eine Gruppe alter Damen mit Rollatoren und Aquarellfarben. Sie erinnerten mich an Rufflington und hatten irgendwie etwas Beruhigendes. Es wäre so schön gewesen, sich einfach zurückzulehnen und abzuschalten. Aber ich musste arbeiten. Also, G.P.V.-Arbeit. Ich erinnerte mich, dass die Uslizi Galerie das Zuhause des *Mädchen mit einem Eichhörnchen* ist. Besser gesagt: war. Bevor der große Alan Fresco es in die Finger bekommen hatte. Ich ging zu einer Museumswärterin mit einem Muttermal auf dem Augenlid und einem gestreiften Halstuch.

»Entschuldigen Sie, können Sie mir sagen, wo das *Mädchen mit einem Eichhörnchen* hing?«

»Ah … das wurde gestohlen, Kleiner. Tut mir leid, wir haben es nicht mehr.«

»Ich weiß, aber wo hing es denn vorher?«

»Ah, es hing nicht an der Wand. Sie haben es aus einem … wie sagt man?«

Sie formte mit den Händen eine Kiste.

»Lagerraum?«

»Si, Lagerraum. Sehr trauriger Tag. Aber wir haben viele andere schöne –«

»Danke!«, sagte ich und rannte los. Ich lief in den Keller. Es gab Toilettenwegweiser, Heizungskessel, Hausmeisterschränke, Sicherungskästen und, am Ende, ein paar Türen, auf denen *Archivio* stand. Archive. Wie dämlich von mir, dass ich den Tatort nicht schon eher besucht hatte. Hauptkommissar Crudo hatte gesagt, dass es keinen Zweifel gab, aber damit

wollte ich mich nicht zufriedengeben. Durch das Milchglas sah ich Silhouetten, die sich hin und her bewegten. Offenbar konnte ich nicht einfach so hineinmarschieren. Es ließ sich schwer sagen, ob das Anchovi-Tattoo funktionieren würde – hierherzukommen war im Plan nicht vorgesehen.

Ich ging zurück, weil niemand denken sollte, dass ich hier rumhing. Was ich definitiv tat. Ich konnte das weit entfernte Gemotze von Hogstein hören, der Dexter die Meinung geigte, und das wiehernde Lachen der englischen Omis. Ich entdeckte ein Gemälde mit dem Titel *Das große Feuer von Rom*. Es zeigte einen riesigen herumwirbelnden Feuerball sowie winzige Menschen in Togen, die in Panik waren. Das brachte mich auf eine Idee.

Ich klappte meine Pizzauhr auf und wählte Camillos Nummer.

»*Pronto*, Anchovi! Bist du nicht mit auf dem Ausflug?«

»Bin ich, aber hör zu – kannst du mir einen Gefallen tun? Kannst du dich ins Sicherheitssystem der Uslizi Galerie hacken?«

»Ja, das ist ein Kinderspiel für mich.«

»Na ja, genau genommen sind wir Kinder.«

»Was soll ich tun, Anchovi?«

»Einen Feueralarm auslösen und dafür sorgen, dass alle das Gebäude verlassen.«

»Verstehe.«

Ich hörte, wie seine rotzverkrusteten Finger über eine Tastatur tanzten.

»Brauchen wir dafür Prinzessins Erlaubnis?«

»Nein, nein, das glaube ich nicht. Aber sie wird nicht sonderlich erfreut sein.«

»Ich weiß. Deshalb frage ich dich ja.«

Am Bildschirm sah ich, wie sich sein Mund zu einem Grinsen verzog.

»Okay, Anchovi, alles bereit. Noch was?«

Ich kam mir ein wenig dreist vor, aber ich musste ihn fragen.

»Irgendeine Chance, dass wir die Überwachungskameras für ein paar Minuten ausschalten?«

»Oh, ganz schlecht, Anchovi. Das gibt Ärger. Aber mir gefällt diese, ja, Herausforderung.« Ich hörte noch mehr Tippen. »Aber das nimmst du auf deine Kappe, okay?«

»Klar, Camillo. Danke …«

Bevor ich meinen Satz zu Ende sprechen konnte, ertönte ein brutales elektronisches Heulen. Ich versteckte mich hinter einer Statue und hielt die Luft an. Es waren verwirrte Stimmen zu hören, doch dann wurden die Besucher über eine Sprechanlage aufgefordert, das Gebäude zu verlassen, und Tausende von Schuhen polterten über mir nach draußen.

Schließlich hatte sich die Panik gelegt und auf meinem Bildschirm erschien eine Nachricht.

Du kannst nicht lange bleiben. Die Feuerwehr kommt in 5 Minuten – Camillo.

Ich schlüpfte durch die Türen und keuchte. Ich wusste nicht, wie ich mir den Lagerraum vorgestellt hatte – aber darauf war ich nicht vorbereitet. Ich befand mich auf einem kreisförmigen Flur, in dessen Mitte sich ein tiefes Gewölbe befand. Die Regale gingen wie Sonnenstrahlen vom Kreisrund ab.

Da hatte ich mir selbst ganz schön was eingebrockt. Ich hielt mich überhaupt nicht an die Anweisungen des G.P.V. Ich hatte den Sicherheitsalarm einer bedeutenden Kulturinstitution manipuliert. Und ich war von meinem Klassenausflug getürmt. Hogstein würde ausrasten. All das und ich hatte nicht mal einen Schimmer, wonach ich eigentlich suchte. Ich spürte in meinem Inneren oder besser gesagt in meinem Herzen – woher auch immer dieser Instinkt kam –, dass mir irgendetwas hier weiterhelfen würde. Aber es gab so viele Optionen. Die Regale schienen sich bis ins Unendliche zu strecken, ächzten unter den in Knisterfolie gewickelten Kunstwerken, Kisten und Ordnern. Mir blieben nur vier Minuten, um mir auszurechnen, welches davon Informationen zu dem *Mädchen mit einem Eichhörnchen* enthielt.

Ich wanderte eine Regalreihe ab, hoffte auf eine Art alphabetische Codierung, aber es gab keine. Das würde sehr viel härter werden als in der Bücherei in Rufflington. Aber im Zentrum der Sonnenform stand meine Antwort: ein Computer. Wahrscheinlich das Archiv. Ich schrieb Camillo eine Nachricht:

Kannst du mich ins Katalogsystem der Galerie hacken?

Zehn Sekunden später die Antwort:

ERLEDIGT.

Der Bildschirm erwachte zum Leben und zeigte ein Suchfeld. Ich tippte »Mädchen mit einem Eichhörnchen« hinein und es erschien eine lange Liste mit verschiedenen Optionen. Ich klickte auf die erste Überschrift: **DIEBSTAHL.**

Das brachte die folgenden Informationen zutage:

Titel: Mädchen mit einem Eichhörnchen
Künstler: Leondardo da Quincy
Entstehungsjahr: 1513
In die Sammlung aufgenommen: 12.6.2014
Kauf-Historie: hier klicken
Polizeibericht: hier klicken

Ich klickte auf *Polizeibericht*. Ich wollte sehen, wie unbestreitbar Hauptkommissar Crudos Indizien wirklich waren.

Beim Überfliegen erfuhr ich dieses:

Am 5. Mai fiel das Sicherheitssystem der Galerie aus. Die Polizei fand das Regalfach, in dem das *Mädchen mit einem Eichhörnchen* gelagert worden war, leer vor, außerdem stieß sie auf eine gesprengte Hintertür und einen betäubten Sicherheitsmann. Ein Zeuge beobachtete einen fettleibigen Mann, der die Räumlichkeiten mit einem Aktenkoffer verließ. Kurz danach wurde ein gestohlener Lieferwagen auf der Straße zur Villa Campino gefunden.

Der Lieferwagen war ein Dreisitzer und alle drei Sitze machten den Eindruck, als hätte ein extrem großer Hintern daraufgesessen. Neben der Straße befanden sich Reifenspuren, als wäre ein Traktor durch den angrenzenden Olivenhain gefahren. Diese führten zur Villa Campino und demzufolge zum großen Alan Fresco. Der einzig mögliche Täter. Er hatte seine Spuren kein bisschen verwischt. Es war alles so einfach für die Polizei.

Vielleicht zu einfach?

Eine weitere Nachricht von Camillo erschien auf meiner Uhr:

Feuerwehrmänner sind da. ABHAUEN.

Das war natürlich etwas, worauf ich hören sollte. Aber ich war einfach zu neugierig. Ich klickte auf das Feld: Kauf-Historie. Hier erfuhr ich, dass das *Mädchen mit einem Eichhörnchen* lange auf einem Dachboden gestanden und einige Abnutzungsspuren davongetragen hatte. Bevor es in der Galerie eingelagert worden war, hatte sich eine Restauratorin damit beschäftigt. Ich schrieb mir ihren Namen auf die Hand:

LENA F. ARCOS

Auf den ersten Blick nichts Ungewöhnliches, doch dann suchte ich online nach ihrer Werkstatt.

Gerne hätte ich sie befragt, aber ich fand nur einen einzigen Eintrag:

»Das Geschäft ist dauerhaft geschlossen.«

Irgendetwas stank hier. Bevor ich genauer darüber nachdenken konnte, ging meine Uhr wieder los:

Piiiiiiiiiiiiiiiiiiiiep!

Ich blickte auf – erwartete, dass Feuerwehrmänner mit einem wütenden Hogstein reinkommen würden. Doch da war niemand. Dann hörte ich Schritte. Schwankende Schritte, begleitet von einer Art Kratzen. Ich wollte mich schon verstecken, als ich die Omis mit ihren Rollatoren erspähte. Schlagartig entspannte ich mich – alte Leute mochten mich irgendwie, und sie waren sicher erfreut, einen anderen Engländer zu sehen, der sie Richtung Ausgang begleiten konnte.

Vielleicht würde mir das wieder ein paar Pluspunkte bei Hogstein einbringen.

»Hallo?«, rief ich. »Haben Sie sich verlaufen? Kann ich Ihnen helfen?«

Sie kamen in meine Richtung geschlurft in ihren lilafarbenen Mänteln.

»Danke, Schätzchen«, sagte die Erste.

»Danke, kleiner Kumpel«, sagte die Zweite.

Mir brach der kalte Schweiß aus.

Kleiner Kumpel. Das war kein englischer Akzent. Das war ein tiefer, barscher amerikanischer Akzent. Und ich wusste, wo ich den schon mal gehört hatte. Die Omas hoben ihre Köpfe, streckten den Rücken durch und schwellten die Brust. Das waren keine Omas. Das waren die Centurios.

Meine Uhr legte sich mächtig ins Zeug.

Piiiiiiiiiiiiiiiiiiiiiiiiiiiiiiiiiiiiiiiep!

Sie nahmen ihre Brillen ab und ich sah in ihre grinsenden Gesichter.

»Wir hatten gehofft, dich wiederzusehen.«

Sie erhoben ihre Rollatoren, als irgendein Instinkt mir dazu riet, hinter ein Regal abzutauchen. Ich lag noch nicht mal am Boden, als plötzlich Maschinengewehre losratterten. Ich raste den Gang hinunter. Maschinengewehr-Rollatoren!

»Aufteilen!«, hörte ich sie rufen. Schüsse jagten durch die Luft, und als sie durch die Regale feuerten, explodierten die Kunstwerke. Ich rannte und rannte. Am Ende stand ein Rollwagen, auf dem ein riesiger Kopf aus Marmor lagerte. Das war alles, was sich zwischen mir und der Tür befand, allerdings musste ich noch einen ungeschützten langen Flur durchque-

ren. Als ich darauf zustürzte, kam eine der Omas – oder einer der Centurios – was auch immer – um die Ecke. Ich schob den Rollwagen mit aller Kraft an. Krachte in die Oma und drehte mich wie verrückt, der Maschinengewehr-Rollator schepperte auf den Boden. Der Rollwagen drehte sich wieder und rettete mir ein zweites Mal das Leben: Aus der anderen Richtung näherten sich zwei weitere Omas. Der Marmorkopf hielt den Kugelhagel von mir ab. Ich raste zur Tür, rollte eine Rampe hinunter und war auf einem Parkplatz. Dann rannte ich Richtung Einsatzwagen, Schulbus, Kinder und tobenden Hogstein.

»Was hat das zu bedeuten, Kingsley?«

Ich hatte ihn noch nie so puterrot gesehen.

»Vollkommen inakzeptabel! In all meinen Jahren als Lehrer habe ich –«

»Sir, Sir!«, unterbrach Robin ihn. »Diese alten Damen winken uns!«

Die Feuerwehrmänner führten die Omas heraus, die auf wundersame Weise wieder eine gebückte Haltung hatten.

»Danke, Schätzchen«, rief mir eine zu. »Bis zum nächsten Mal.«

Robin sah mich an und fing an zu lachen.

»Colin, dein Cap!«

Er steckte seinen Finger durch ein Loch an der Oberseite. »Ha! Sieht aus wie ein Schussloch.«

Hogstein stieß ihn zur Seite.

»KINGSLEEEEEY!«, brüllte er. »Ich fordere eine Erklärung. JETZT!«

Kapitel 14

»Wir haben überall nach ihm gesucht!«, rief Prinzessin. »Wir haben jedes Café, jede Bäckerei, jedes Restaurant abgeklappert und ganz Rom auf den Kopf gestellt, um dieses verdammte Trinkpäckchen zu finden. Nichts!«

Auf den Bildschirmen unserer Uhren runzelte General Schlüssel die Stirn.

»Das ist wirklich alles andere als gut.«

»Natürlich ist das nicht gut!«, gab Prinzessin mürrisch zurück. »Aber noch mal: *Irgendjemand* hat Trinkpäckchen in seinem Koffer mitreisen lassen, obwohl es NIEMALS hätte hier sein sollen!«

Sie bedachte mich mit ihrem Dönerspieß-Blick.

»Ja«, sagte General Schlüssel grübelnd. »Das war ziemlich enttäuschend, Anchovi. Du musst viel aufmerksamer sein.«

Ich sank verlegen in mich zusammen.

»Die ganze Mission ist ein einziges Desaster«, fuhr Prinzessin fort. »Blinde Passagiere, Brandstiftung, Mordversuche. Außerdem scheinst du es cool zu finden, den Feueralarm in einem ziemlich öffentlichen Gebäude auszulösen. Und als

Krönung des Ganzen eine Entführung! Warum hat du ihm erlaubt –«

»Genau genommen«, fuhr ich sie an, »haben wir *alle* Justin aus dem Blick verlören – nicht nur ich!«

»Ich werde das prüfen«, säuselte General Schlüssel. »Anchovi«, sagte er in einem freundlicheren Ton. »Sieh dir bitte diese Gesichter an.«

Auf meinem Bildschirm erschienen zwei Fahndungsfotos. Mir fiel sofort das anzügliche Grinsen der Centurio-Omas auf.

»Kennst du diese beiden?«, fragte General Schlüssel.

»Sie werden mir in der nächsten Zeit sicher einige Albträume bescheren, ja.«

»Brutus und Bruno. Frescos Kumpanen. Er muss irgendwie Kontakt zu den beiden aufgenommen haben.«

Ich erschauderte.

»Wir müssen schnell weitermachen, Anchovi. Aber ich glaube an dich. Treffen vertagt.«

Sein Gesicht verschwand vom Bildschirm.

»Es ist ein Wunder, dass General Schlüssel es sogar geschafft hat, dich in die La Casa Bianca zu kriegen«, seufzte Prinzessin. »Aber er ist eben General Schlüssel.«

Sie bekam einen verträumten Blick. General Schlüssel, dieser Charmeur. Verdammt.

Ich wollte ihr von dieser Lena F. Arcos erzählen, deren Namen ich auf meine Hand geschrieben hatte. Irgendetwas störte mich an dem Namen, aber ich wusste nicht was.

Da die Eisdiele vollkommen niedergebrannt war, hatten wir einen neuen Treffpunkt. Es war nicht gerade der geräumigste: der alte Fahrstuhl in meinem Hotel. Eine Art goldener Käfig, in dem irgendein Hotelpage die Knöpfe drücken musste.

Camillo hatte ihn so manipuliert, dass er im Dachgeschoss stehen geblieben war. Die Zwillinge hatten am Telefon einen Ingenieur imitiert; so schnell würde niemand kommen, um den Fahrstuhl zu reparieren. Prinzessin öffnete die Oberseite, die sich praktischerweise neben einer Luke im Hoteldach befand.

»Mach mal eine Räuberleiter.«

Ich verschränkte meine Finger ineinander und sie stellte ihren Fuß hinein – dabei schlug sie mir fast das Knie ins Gesicht.

Ich spürte ihre Hände auf meiner Schulter, als sie sich eng an mich presste.

»Denk nicht mal dran, Anchovi. Ich bin ganze zwei Jahre älter als du.«

Stichwort für mein Rote-Bete-Gesicht. Sie stieß die Luke auf, schwang sich hoch und hielt dann mir die Hand hin. Ich griff ihren Arm und sie zog mich nach oben. Wir setzten uns auf das Dach und der Wind blies uns ins Gesicht. Ich dachte an den Abend, als wir mit dem Fahrrad Richtung Buckdean Hall gefahren waren und ganz Rufflington unter uns gelegen hatte. Jetzt lag ganz Rom vor uns.

All die schiefen Dächer und all die Kirchtürme und Kuppeln. Ich blickte auf den Palatin-Hügel in der Ferne, den Tiber, der sich darunter entlangschlängelte. Irgendwo dort unten lauerte der große Alan Fresco.

»Camillo sollte bald hier sein, um dich zur La Casa Bianca zu bringen.«

»Wie kommen wir dorthin?«

»Er sagte, mit dem Hubschrauber. Hier ist er!«

»Das ist ein Hubschrauber?«

Dem Dach näherte sich etwas, das man fälschlicherweise für einen rostigen Fledermaus-Roboter halten konnte. Es war eher ein Hängegleiter als ein Hubschrauber. Zumindest hatte es einen großen Propeller, den Camillo irgendwo geklaut haben musste, sowie ein Getriebe mit lauter Knöpfen. Er landete das Ding auf dem Dach und ein paar Ziegel rutschten nach unten.

»*Ciao*, Anchovi. Einsteigen bitte.«

»In dieses Ding?«

»Das ist eine sehr gute Maschine. Nur einmal abgestürzt.«

Prinzessin griff in ihren Rucksack.

»Zieh dir das an. Deine Eltern wären sonst dagegen.«

Sie gab mir etwas, das eher an einen Fahrradhelm erinnerte. Nichts, das mich schützen würde, wenn ich auf die Straße stürzte.

»Du hast einen Vertrag unterschrieben, Anchovi.«

Inzwischen begann ich, mich daran zu gewöhnen. Und ich dachte weniger darüber nach.

Es gab zwei Sättel wie bei einem Tandem, Camillo saß vorne.

»Prinzessin, kannst du uns einen Schubs geben?«

Sie stieß uns mit der Aggression, die ich erwartet hatte, und wir schossen vom Dach.

Mein Gesicht verzog sich zu einer Grimasse, als mir die

Luft entgegenschlug – dann tat sich ein großes Nichts unter uns auf.

»In die Pedale treten!«, rief Camillo in seiner nasalen Stimme.

Meine Beine trampelten, so schnell sie konnten. Ich schloss die Augen. Aber der Boden, auf dem wir aufschlagen würden, näherte sich nicht. Wir flogen. Ich versuchte, nicht hinunter auf das pulsierende Labyrinth aus Fabriken und Autobahnen zu blicken. Camillo schien weniger verblüfft zu sein. Offenbar hatte er schon vorher selbst gebaute Hubschrauber geflogen.

»Ich bin froh, dass er nicht den Flammen zum Opfer gefallen ist«, murmelte er und tätschelte den klapprigen Rahmen. Seine Stimme schien zu verblassen, als wäre sie hinter dickem Glas.

»Drei Jahre hat es gedauert, das Labor aufzubauen …« Er rieb sich das Auge und tat so, als wäre es eine Mücke oder so etwas.

»Das tut mir so leid, Camillo«, sagte ich. »Sag mir, was ich tun soll, und ich helfe dir dabei, es wieder aufzubauen …«

Ich meinte es wirklich so, auch wenn ich – wie mein Lehrer in Werken bestätigen würde – nicht gerade eine Leuchte im Bauen von Dingen war.

»*Grazie*, Anchovi. Na ja, ich habe es schon häufiger erlebt, dass meine Maschinen zerstört wurden. Ich erinnere mich daran, wie ich vor dem G.P.V. mal an einem Unterwasser-Quad gearbeitet habe …«

»Coooool.«

»Ja … es hatte eine kleine Kamera, um die Fische aufzunehmen. Es war in einem sehr schönen Grün, mit einem orangefarbenen Rahmen …« Seine Augen strahlten wie die von stolzen Eltern. »Das war im Internat. Während die anderen schliefen, habe ich am Unterwasser-Quad gearbeitet.«

»Wie lange hast du dafür gebraucht?«

»Oh, vielleicht sechs Monate, irgendwas in diese Richtung.«

Er scherte nach links und wir wurden von einem Luftstrom durchgeschüttelt.

»Um ehrlich zu sein, habe ich es gebaut, um aus der Schule zu fliehen. Ich wollte am Fluss entlang nach Hause fliegen. Keine Ahnung, wie die anderen Jungs das rausgefunden haben.«

»Was ist passiert?«

»Na ja … ah …« Er tat wieder so, als wäre ihm diese nervige Mücke ins Auge geflogen.

»Das waren Idioten, Camillo.«

»Ja, das stimmt. Ich bin so froh, dass General Schlüssel mich gefunden hat.«

Ich drückte seine Schulter. Das tat mein Vater auch immer, wenn ich einen schlechten Tag in der Schule gehabt hatte, und das war ziemlich oft der Fall.

»Was ist eigentlich mit General Schlüssel?«, fragte ich. »Ich meine, warum ist er so … distanziert?«

Camillo zuckte die Schultern.

»Das ist kompliziert.«

Er erzählte mir alles. Offensichtlich war General Schlüssel drei Jahre der Chef gewesen – das Maximum für einen G.P.V.-Präsidenten. Seine Familie bestand zum einen Teil aus englischem Adel und zum anderen aus japanischen Köchen. Doch irgendetwas ist vorgefallen. Irgendetwas Schlimmes.

Niemand weiß Genaueres, nur dass General Schlüssel keinen Kontakt mehr zu seiner Familie hat. Das schien im G.P.V. nicht unüblich zu sein. Prinzessin hatte ihre Fälscher-Fähigkeiten dazu genutzt, ihren Eltern weiszumachen, dass sie auf einer Militärschule war. Und der Militärschule, dass sie zu Hause unterrichtet wurde. Die Zwillinge haben ihre Eltern nie kennengelernt.

Als wir den Stadtrand erreichten, steuerte Camillo uns näher an die Gebäude heran.

Ich erkannte die Eisdiele an der riesigen Eiswaffel, der Rest war zu einem traurigen Haufen verkohlt. Ich sah das Land, von dem die Villa Campino umgeben war: Zypressen, die hoch in den Himmel ragten. Das erinnerte mich an den Bericht aus dem Archiv, sodass ich nach den offensichtlichen Hinweisen Ausschau hielt, die die Polizei aufgenommen hatte. Der gestohlene Lieferwagen stand immer noch draußen, mit Absperrband drum herum. Dann fiel mir etwas anderes ins Auge. Es kann nicht mehr als eine Sekunde gedauert haben: das Aufblitzen einer Gestalt, die durch den Olivenhain rannte.

Kapitel 15

Tomasi stand wieder an seinem Stammplatz, man erkannte ihn am roten Glimmen seiner Zigarette. Seine Silhouette erinnerte an eine der merkwürdigen Skulpturen in der Uslizi Galerie. Ich folgte ihm ins Innere des Restaurants und beobachtete, wie er eine weitere Pizza für mich fertig machte, die ich ausliefern sollte. Er sagte kein Wort, fragte nicht mal, wie mein Tag war. Ich tat so, als würde ich ein paar Pizzaschachteln für ihn aus der Vorratskammer holen. Dabei hatte ich den Auftrag, die Püreepistole zu beladen. Ich fand eine Tube und steckte sie in den Halter.

Ich machte mich mit der Lieferung auf den Weg und wartete, bis ich außer Sichtweite war. Dann feuerte ich auf einen Baumstamm. Qualm stieg auf und gab ein kleines Loch frei, als wäre es hineingebohrt worden. Ich hatte die Sicherheit, dass die Pistole funktionierte, aber ich wollte sie nicht unbedingt zum Einsatz bringen. Selbst wenn die anderen Rollatoren-Maschinengewehre hatten.

Der Aufstieg zur Villa Campino war so anstrengend wie am Tag zuvor und die Polizistin im Kontrollstand war genauso mürrisch. Ich zog wieder meine Socke runter, um ihr das verblassende Anchovi-Tattoo zu zeigen. Sie kniff sich in die Nase, zog ihre spitzen Augenbrauen hoch und winkte mich herein.

Nach dem Sicherheitscheck traf ich auf den zähneknirschenden Hauptkommissar Crudo.

»Wir finden dieses verdammte *Mädchen mit einem Wiesel* nicht«, sagte er mürrisch.

Es ist ein Eichhörnchen, wollte ich schreien.

Die Polizeibeamten wuselten überall herum, um dieses nervige Bild zu finden. Die Zimmer waren ausgeräumt, die Wände eingeschlagen und die Böden herausgerissen. Was noch von der Einrichtung übrig war, sah aus, als wäre es von einer Horde hungriger Dinosaurier ausgespuckt worden. Selbst ein schönes Klavier war in seine Bestandteile zerlegt worden, der Deckel lehnte an der Wand, die Saiten lagen in einem traurigen Durcheinander auf dem Boden. Wie schwierig konnte das sein? Ich hatte manchmal Mühe, meine Stiftkappe zu finden, aber ein Gemälde zu verstecken, war sicherlich ein bisschen aufwendiger.

Wir schritten in den Vorraum und klopften an die Tür.

»Dieses Mal hast du hoffentlich ein paar schlauere Einfälle, Lehrling.«

Der Dampf schien noch heißer und dichter zu sein als beim letzten Mal. Ich nahm einen großen Schluck Wasser und näherte mich der birnenförmigen Silhouette des großen Alan Fresco.

»Du schon wieder …«, sagte er mit rauer Stimme. Er glänzte vor Schweiß.

»Hier ist Ihre Pizza, Mr Fresco.«

Er öffnete die Schachtel und begann wieder, den Belag abzuzupfen.

»Tomasi ist ein Genie«, murmelte er mit einem Mund voller roter Zwiebeln.

»Kennen Sie ihn gut?«

»Ich kenne Tomasi schon sehr lange, junger Mann. Da warst du noch nicht mal geboren.«

Mir fiel verstärkt sein Milton-Keynes-Akzent auf, der unter dem gespielten Italienisch hindurchschimmerte. Ich wischte mir die nasse Stirn mit meinem T-Shirt ab und blickte wieder auf das Geschriebene auf meiner Handfläche. Der Name Lena F. Arcos begann zu verschmieren. Er beschäftigte mich immer noch.

»Wie fühlen Sie sich mit all diesen Polizisten im Haus, Mr Fresco?«

Er antwortete erst mal nicht, sondern spielte mit ein paar Oliven herum.

»Ich fühle mich natürlich meiner Privatsphäre beraubt. Wie ich hörte, suchen sie nach diesem elenden Gemälde. Warum, das weiß ich nicht …«

»Sie wollen wissen, wer es von der Galeriewand geklaut hat.«

»Galeriewand? Nicht die Wand …«, begann er, hielt dann aber inne.

»Sie haben recht, Mr Fresco, es wurde nicht von der Wand genommen«, fuhr ich fort. »Es wurde aus dem Lager entwendet. Und das wussten Sie.«

Angewidert verzog er den Mund.

»Für gewöhnlich werde ich nicht auf diese Art und Weise von einem einfachen Pizzaboten angesprochen.«

»Für gewöhnlich schießen weder Omas noch Centurios auf mich, Mr Fresco.«

»Das ist nicht mein Problem …«, schnaufte er.

»Also geben Sie zu, dass Sie sie geschickt haben?«

»Ach Kleiner, wie sollte ich all diese Dinge tun, für die du mich verantwortlich machst?« Er rieb sich mit einem weichen Handtuch das Gesicht ab. »Ich kann mein Haus nicht verlassen. Und abgesehen davon, dass du mir schlechte Pizza bringst, habe ich keinen Grund, dich töten zu wollen.«

Er warf das Handtuch in eine Ecke. Das erste Mal sah ich ihn durch den Dampf von Nahem. Er war überraschend gut aussehend: feine Gesichtszüge und eine passable Frisur. Er reichte mir die Pizzaschachtel.

»Nimm das mit. Ich möchte nicht mehr.«

Crudo stand mit verschränkten Armen da, als ich herauskam.

»Irgendetwas Berichtenswertes?«

»Ähm, nein, Hauptkommissar …«

»Nutzlos!«

Tomasi nahm die Pizzaschachtel und scheuchte mich weg wie eine Fliege.

Als ich die Küche verließ, sah ich eine Nachricht von Prinzessin:

Rate, was ich gefunden habe!

Kapitel 16

Wir standen um die zerstörte Wand herum.

»Offen gesagt, Crudo«, meinte Prinzessin, »ich wusste, dass ihr den Boden nicht richtig absuchen würdet.«

Es stellte sich heraus, dass Fresco das Gemälde unter einem leer stehenden Haus versteckt hatte, von Unkraut verdeckt, an der Grenze zum Campino-Grundstück.

»Wir haben hier bereits nachgesehen, junge Dame«, schnappte Crudo. »Woher sollte ich wissen, dass ich diesen – als alten Backstein getarnten – Hebel ziehen muss, um darunter einen geheimen Lagerraum zum Vorschein zu bringen?«

»Das konnten Sie natürlich nicht ahnen«, sagte Prinzessin und verdrehte die Augen. »Deshalb hat die Regierung auch den G.P.V. eingeschaltet. Wir sehen solche Dinge ständig.«

Mit dem Betätigen des Backsteinhebels erhob sich eine ganze Unkrautkuppel. Darunter befanden sich eine Falltür sowie eine Leiter. Wir kletterten in den Bunker hinunter, der wie ein nettes kleines Ferienhaus eingerichtet war. Ein Bett, ein Sofa und eine Kochnische nahmen die eine Hälfte ein, Tische und Stühle die andere. Auf dem Tisch standen ein Glas Milch, ein halber Brownie, eine Fernsehzeitschrift und ein verwaistes Scrabble-Spiel. Und auf der Arbeitsplatte lag da Quincys Meisterwerk *Mädchen mit einem Eichhörnchen.*

Das war also der Grund für die ganze Aufregung.

Es war kleiner, als ich erwartet hätte, etwa so groß wie ein Serviertablett. Aus irgendeinem Grund war ich enttäuscht. Das war 20 Millionen Euro wert? Das war Brandstiftung, Entführung und Mordanschläge wert? Dann sah ich mir das Mädchen auf dem Gemälde genauer an. Seine weichen Gesichtszüge ließen darauf schließen, dass es 13, 14 war – nur ein paar Jahre älter als ich.

Aber ihr hochnäsiger Blick, ihr schräg nach hinten geneigter Kopf und eine Hand an der Hüfte ließen sie älter erscheinen. Ihre Augen standen seltsam auseinander, das eine Lid hing etwas herab. Unter einem grünen Stirnband lugte eine kastanienbraune Locke hervor. Ich konnte die Schmiere auf ihrer knochigen Nase sehen, die bläulich schimmernden Venen an ihrer Schläfe und die vereinzelten Härchen zwischen ihren Augenbrauen. Und das Eichhörnchen! Ich sah den Speichel auf seinen Zähnen und die wachen Augen. Ich konnte das rotbraune Fell förmlich spüren und wie das kleine Herz gegen die Rippen schlug. Es hätte mich nicht gewundert, wenn es sich plötzlich aus dem Griff des Mädchens befreit hätte und davongerannt wäre. Kurzum: Ich konnte alles erkennen. Es war atemberaubend. Mir kam wieder das Bild vom besessenen Corgi in Major Marjories Haus in den Sinn. Das hier war eine komplett andere Hausnummer.

»Na ja, Kinder«, brummte Crudo, nachdem er den Brownie verschlungen hatte, »ihr mögt durch Zufall auf den Bunker gestoßen sein – aber letztlich hatte ich recht: *Das Mädchen mit einem Wiesel* war hier, auf dem Grundstück der Villa Campino! Ganz einfach!« Er schlug mit seiner Ambossfaust auf den Tisch und das Scrabble-Spielbrett flog in hohem Bogen auf den Boden.

»Erstens, Crudo«, sagte Prinzessin, »ist es ein Eichhörnchen. Zweitens haben Sie gerade ein Beweisstück aufgegessen. Drittens: *Nichts* ist einfach in dieser Welt.«

Ich wischte mir über die Stirn, konnte die Hitze kaum ertragen.

»Ein Bunker-unter-dem-Haus-Job?«, fuhr Prinzessin fort. »Halten Sie das nicht für etwas zu … lehrbuchmäßig?«

Crudo saugte einen Browniekrümel von seinem strahlend weißen T-Shirt. Er steckte in der Klemme.

Ich rief mir ein Standbild des zwielichtigen Polizeireports vor Augen.

»Die Reifenspuren durch den Olivenhain«, fuhr ich dazwischen. »Die riesigen Hinternabdrücke auf den Sitzen des gestohlenen Lieferwagens. Es scheint, als war es sein Plan, dass wir das Bild finden.«

Prinzessin grinste. *Exzellent!*, formten ihre Lippen lautlos.

»Du hältst das alles für einen Schwindel, Kleiner?«, spottete Crudo.

Ich sah auf meine Hand und entdeckte wieder die verschmierten Worte Lena F. Arcos. Mein Blick fiel auf die Scrabble-Steine und meine Gedanken fingen an zu rasen. Natürlich! Ich schnappte mir eine Handvoll Buchstaben und legte sie hin:

»Seht mal!« Ich schob die Buchstaben herum:

»Hör auf, Spielchen zu spielen«, rief Crudo. »Ich muss wichtige Beweise aufnehmen.« Er wollte sich das Bild schnappen.

»Moment!« Prinzessin stellte sich vor ihn und drückte ihre Uhr. »Ich rufe General Schlüssel an.«

General Schlüssels sanfte Stimme erfüllte den Bunker.

»Guten Tag, Team. Gibt es einen neuen Hinweis?«

Ich atmete tief ein und ließ ihn an meinen Gedanken teilhaben.

»Den Archiv-Aufzeichnungen der Uslizi Galerie zufolge wurde das *Mädchen mit einem Eichhörnchen* von einer Frau namens Lena F. Arcos restauriert. Sehen Sie? Lena F. Arcos ist der große Alan Fresco!«

»Hmmmmm«, machte General Schlüssel.

»Und ist er nicht ein bekannter Kunstfälscher?«, fuhr ich fort. »Er muss das Bild gegen eine Fälschung ausgetauscht haben, da bin ich mir sicher.«

Crudo schnappte sich das Bild und begann, die Leiter hinaufzuklettern.

»Das ist einfach nur kindischer Unsinn«, schimpfte er. »Er hat keine Fälschung angefertigt und sich absichtlich wegsperren lassen! Dieses Gemälde ist nun Eigentum der Polizei!«

»Xavier«, sagte General Schlüssel. »Dieses Gemälde geht nirgendwohin, bis es einer ausführlichen Echtheits-Überprüfung unterzogen wurde.«

»Aber General Schlüssel –«, stotterte Crudo.

»Xavier. Du kennst die Haltung von Interpol in dieser Sache. Ich habe den schwarzen Peter. Ende der Diskussion.«

Crudo verzog das Gesicht, als hätte ihn jemand mit kalter Kotze bespritzt. Er knallte das Gemälde auf den Tisch und stürzte davon.

»Gut gespielt, Anchovi!«, sagte General Schlüssel.

»Du lernst schnell.« Prinzessin grinste. Sie öffnete den Mülleimer, um ihr Kaugummi hineinzuspucken. »Boah!«

Sie zog eine Serie gefalteter Papiermännchen heraus und drehte sie um. Auf der Rückseite stand, krakelig mit Wachsmalern geschrieben:

Nieder mit dem G.P.V.!!!

Vor meinem inneren Auge erschien ein weiterer Film: dieselben Papiermännchen in Camillos Labor, vor dem Überfall.

»Das ist übel …«, stöhnte Prinzessin.

»Was meinst du?«, fragte General Schlüssel.

»Ich meine«, sagte Prinzessin mit zitternder Stimme, »dass wir einen Maulwurf haben. Einen entsetzlichen, gemeinen kleinen Maulwurf, der Fresco alles erzählt.«

Als ihre Worte zu mir durchdrangen, schien plötzlich alles still zu werden. Die kleine Gestalt im Olivenhain. Ich bekam kaum einen Ton aus meinem trockenen Hals.

»Justin.«

Kapitel 17

Schneller, Kingsley!« Ich spürte die Wucht des Aufpralls in meinem Gesicht, die Flüssigkeit brannte mir in den Augen.

»Dexter«, schimpfte Miss Odedra. »Hast du gerade deine Milchpackung auf Colin geworfen?«

»Die ist mir irgendwie aus der Hand gefallen, Miss, ehrlich. Kingsleys Gesicht war im Weg.«

Ich trocknete mich mit einer Serviette ab und sah ihn böse an. Wir aßen Frühstück im Hotel. Bis zu Dexters Raketenangriff hatte ich schön geschlafen.

»Was soll das alles?«, jammerte Hogstein.

»Kingsley hat seine Milch verschüttet, Sir!«, jaulte Dexter und biss dann in sein Pastrami-Sandwich.

Er jaulte auf.

»S-s-senf! Das Sandwich ist mit Senf und ich bin allergisch!«

In diesem Moment legte die Kellnerin die Rechnung auf meinen Tisch und schlich davon.

Als mir klar wurde, dass das keine Rechnung war und außerdem »Anchovi« draufstand, faltete ich den Zettel auseinander und las:

Wir müssen über Justin reden. P.

Sie stand bei den Mülleimern. Obwohl sie mir den Rücken zugedreht und eine andere Frisur hatte, wusste ich, dass es Prinzessin war.

Ich nahm mein Tablett und kratzte die Reste von meinem Teller in den Mülleimer neben ihr.

»Sieh mich nicht an, Anchovi«, murmelte sie.

Ich blickte zurück zu den Tischen. Hogstein versuchte das Heimlich-Manöver an Dexter. Er schien es gut hinzubekommen.

»Hast du den Senf auf Dexters Sandwich geschmiert?«

»Vielleicht. Er ist eine echte Qual, oder?«

»Ja, aber er ist nicht Justin.«

»Korrekt. Camillo hat eine DNA-Überprüfung an deiner zusammengestückelten Morddrohung vorgenommen. Justins Fingerabdrücke sind überall.«

Da ich keine Reste mehr auf dem Teller hatte, nahm ich einfach einen anderen und kratzte weiter. Ich stellte mir Justin vor, wie er die Buchstaben ausschnitt, und hatte ein weiteres Bild vor Augen.

»Natürlich«, sagte ich, »die Schere und die Papiermännchen.«

»Ja. Er hat den Zettel in Camillos Labor zusammengeklebt. Ich war dabei!«

»Warum hat er das getan?«

»Schwer zu sagen.« Sie beförderte ein paar Teller in einen Eimer mit Spülwasser. »Aber als ihr euch am Strand begegnet seid, war das für euch beide wie ein Probespiel.«

»Was meinst du?«

»Ich meine, dass es nur die eine Lehrstelle gab. Die hast du bekommen.« Sie knüllte ihre Spülhandschuhe zusammen und warf sie in einen Mülleimer. »Und im Grunde genommen hasst er dich abgrundtief.«

»Danke.«

»Um diesen kleinen Betrüger kümmern wir uns später. Viel wichtiger ist, dass Fresco mit seinem Netzwerk kommuniziert. Wir müssen herausfinden wie.«

Sie schob den Rollwagen in die Küche und verschwand.

Ich ging zurück zu meinen Klassenkameraden. Dexter atmete wieder normal und Hogstein wandte sich an die Gruppe. Mir fiel auf, dass seine Krawatte mit Soße bespritzt war.

»Gut, Kinder, heute ist unser letzter Tag in Rom. Seid ihr traurig?«

Keine Antwort. Er deutete nach draußen.

»Okay, Team! Zum Geschichtsmobil!«

Wir nahmen an, dass er den Bus meinte. Als alle Platz genommen hatten, rumpelte dieser wie üblich los.

»Unser nächster Halt werden die Caracalla-Thermen sein. Aufregend, oder?«

Immer noch keine Antwort.

»Die alten Römer nahmen es mit ihren Bädern sehr genau, Kinder. Sie taten sich dafür sogar zu Hunderten zusammen!«

»Bäh! Das ist eeeeeecht nicht okay!«, kreischte Annabel.

»Konnten alle die unanständigen Körperteile der anderen sehen, Sir?«, rief Dexter.

»Wenn sie Augen hatten und das interessant fanden, dann ja, Dexter.« Hogstein seufzte. »Aber das waren nicht einfach

nur Bäder. Es gab dort auch Geschäfte, Sportplätze, Friseursalons, Musikpavillons, Museen.«

Es war wichtig, das Wort »gab« zu betonen. Als wir aus dem überhitzten Bus stiegen, sahen wir lediglich bröckelige Wände, lückenhafte Bögen und eingesunkene Becken.

»Wo ist denn all das Wasser, Sir?«, brüllte Dexter.

»Es handelt sich um eine antike Stätte, Dexter«, ächzte Hogstein. »Ich möchte, dass ihr jetzt die Fragen auf eurem Arbeitsblatt beantwortet«, er sah mich an, »und die ganze Zeit mit eurem Partner zusammenbleibt.«

Robin zog an meinem Ärmel. Ich stieß einen tiefen Seufzer der Angst aus und wir gingen los.

Ich musste die ganze Zeit an Justins Verrat denken. Warum hinterging jemand den G.P.V.? Okay, es war nicht alles supertoll. All diese kleinen beengten Räume zum Beispiel. Niemals zu schlafen. Aber im Großen und Ganzen waren sie meine Freunde. Zumindest warfen sie mir keine Milchkartons ins Gesicht.

Die Sonne knallte vom Himmel und versengte die Sommersprossen der Kinder von Erbsen- auf Keimgröße. Dexter fand ein altes Stück einer Säule und schrieb mit einem Edding *Rufflington Rovers FC* darauf, bis er von Odedra angeschrien wurde. Die Grünflächen um die Anlage herum waren gelb und vertrocknet, der Boden hart und uneben. Ich setzte mich auf eine kühle Marmorplatte und beobachte ein paar Ameisen. Sie marschierten über Risse, die ihnen wie Schluchten vorkommen mussten. Sie bildeten eine Kette und gaben sich kleine Blätter, ein Stück Nussschale oder Olivenstückchen weiter. Sie waren an diesem antiken Ort zu Hause – eine gut dressierte Truppe von Baumeistern und Marschierern. Ich spürte die Sonne auf meinen Augenlidern und dämmerte gerade zum Zirpen der Heuschrecken weg, als Robins Stimme den Zauber bracht.

»Coliiiiiiiiiin!«

»Was?«

»Komm mal her und sieh dir dieses Mosaik an!«

»Wie wäre es, wenn *du* es dir ansiehst und ich hierbleibe?«

»Mr Hogstein hat gesagt, wir sollen die ganze Zeit zusammenbleiben!«

Warum musste Robin so gewissenhaft sein?

»Okaaaaaay …«

Das Mosaik befand sich in einer Vertiefung und war von Olivenbäumen umgeben. Obwohl Teile fehlten, konnten wir die Szene erkennen: eine wilde Schlacht zwischen zwei Gladiatoren. Und auch wenn es nur kleine quadratische Steine waren, ließen sich viele Details ausmachen: die Keule, die auf den Kopf des einen Typen zuschwang; der gerissene Riemen einer Sandale; der besorgte Blick von jemandem, der kurz davor war, zu Brei geschlagen zu werden. Ich erkannte das Gefühl genau wieder – diese Woche hatte ich viele ähnliche Erfahrungen gemacht.

»Soll ich die Fragen auf dem Arbeitsblatt laut vorlesen, Colin?«

»Im Stillen ist es auch okay.«

Wir haten gerade unsere Stifte gespitzt, da trat der Michelinmännchen-förmige Schatten von Hogstein in unser Sichtfeld.

»Verdammt beeindruckend, was, Jungs?«

»Ja, Sir«, gurrte Robin. »Sehr beeindruckend.«

Es war beeindruckend, aber Hogstein musste auch nicht so schöntun.

»Mosaike: Wundervoll, was die Männer aus der Antike geleistet haben. Kleine bunte Objekte auf einer Oberfläche herumschieben, um eine ganze Geschichte zu erzählen.«

Ich konzentrierte mich auf mein Arbeitsblatt, durch das ich mich quälte. Bei einer Aufgabe musste man ein Diagramm erstellen und ich fragte Hogstein nach einem Lineal.

»Sicher, Kingsley. Schön, dass du dich so reinkniest.«

Er fischte ein Lineal aus seiner Tasche und reichte es mir. Als ich es auf mein Blatt legte, rieselten Sandkörner darauf. Ich pustete sie weg und erinnerte mich: Hogstein hatte das Lineal benutzt, um im Kolosseum eine Linie in den Sand zu zeichnen. Das Erkennungszeichen, das die Christen früher als heimliches Symbol benutzt hatten. Und dann traf mich die Erkenntnis schlagartig. Symbole. Linien. Der große Alan Fresco benutzte einen Geheimcode. Hogsteins Spruch über Mosaike hallte in meinem Kopf wider: kleine bunte Objekte auf einer Oberfläche herumschieben, um eine ganze Geschichte zu erzählen.

Das war einfach: die Pizzabeläge! Fresco arrangierte sie, um eine Art Botschaft zu hinterlassen! Was bedeutete, dass die Person, die die Pizza auslieferte, dieselbe war wie die, die das stoppen wollte: ich.

»ICH HAB'S!!!«, schrie ich und warf mein Klemmbrett und den Stift in die Luft. Ich tanzte herum wie ein Idiot. »Ich hab's! Ich hab's! Ich hab's!« Der schräge Hogstein hat mich drauf gebracht! Ich wusste nicht, was in mich fuhr, aber ich fiel dem alten Kerl sogar um den Hals! Er wurde knallrot.

»Ja, ja, Kingsley. Ich freue mich, dass du, ähm, dieses Mosaik so … aufregend findest.«

Er zog an seiner Krawatte. »Aber bitte wirf an einem Ort des Weltkulturerbes dein Klemmbrett nicht so durch die Gegend.« Er ging wieder zu den anderen.

»Was sollte das denn?«, fragte Robin.

»Ach, nichts weiter.«

»Colin«, rief Prinzessin, als ich ihr davon erzählte. »Das ist unglaublich!«

Ich spürte, dass mein Gesicht knallrot wurde. Sie sollte mich eigentlich nicht bei meinem echten Namen nennen.

»Du meinst Anchovi«, flüsterte ich.

»General Schlüssel wird begeistert sein.« Ihre Augen strahlten. »Ein Lehrling, der den großen Alan Fresco auffliegen lässt – und das bei seinem ersten Einsatz!«

»Wir müssen noch herausfinden, was die Nachrichten bedeuten.«

»Offensichtlich, Anchovi.«

Wir nahmen das Mini-U-Boot zu La Casa Bianca. Prinzessin wollte alles ein bisschen durcheinanderbringen, falls irgendjemand den Himmel nach Camillos Hubschrauber absuchte.

Ich dachte daran, wie wir das erste Mal mit dem Mini-U-Boot unterwegs gewesen waren – nach unserem Sprung in den Trevi-Brunnen. Sie ein Gastronomie-Detektiv-Superstar, ich ein nervöser Niemand. Das fühlte sich inzwischen anders an.

»Ich habe ein wenig recherchiert. Es gibt einen Abwasserkanal, der uns direkt zum Grundstück der Villa Campino führt.« Auf dem Bildschirm im Cockpit erschien eine Landkarte. Das Land, auf dem die Villa Campino stand, hatte in etwa die Form einer Schleife. Sie grenzte an ein Gebiet im Südwesten.

»Wir tauchen ungefähr hier auf und lassen dich raus, in der Nähe von La Casa Bianca. Wenn du aussteigst, könnte das eine … na ja … etwas stinkige Angelegenheit sein.«

Das war es mit der Romantik.

Während unseres Tauchgangs blickte ich durch das Periskop und beobachtete, wie eingestürzte Steinwände, Kanalrohre und tote Katzen vorbeiglitten. Als sich immer mehr Äste ins Bild schoben, war mir klar, dass wir uns dem Campino-Anwesen näherten.

»Denk dran«, sagte Prinzessin, während sie das U-Boot nach oben steuerte, »du darfst Fresco nicht erzählen, was du über den Pizza-Code weißt.«

»Mache ich nicht.«

»Im Ernst – es könnte eine heftige Reaktion auslösen, wenn er weiß, dass wir es wissen.«

Ich zog mir die La-Casa-Bianca-Uniform an. Wir tauchten in einem kleinen Teich in einem Park auf.

»La Casa Bianca liegt ein paar Minuten in diese Richtung. Halt mich auf dem Laufenden.« Sie schloss die Luke und das U-Boot sank wieder nach unten. Als ich auf das Restaurant zumarschierte, dachte ich über Tomasi nach. Er war der Kommunikationspunkt, bei ihm gingen die Pizzanachrichten ein. Ich tippte in meine Uhr:

PS: Gerade realisiert – irgendwer sollte ab jetzt Tomasi beschatten. Anchovi.

Dabei. Schicke die Zwillinge, antwortete Prinzessin.

Tomasi begrüßte mich mit seinem üblichen mürrischen Gesicht. Es war, als würde er permanent in eine megasaure Zitrone beißen.

Als er mich durch die engen Gänge führte, drehte ich meinen Kopf hin und her, machte mentale Schnappschüsse aller Details. Ich hoffte auf eine offene Schreibtischschublade, ein unverschlossenes Büro oder, noch besser, ein Schaubild, auf dem der Pizza-Code entschlüsselt wurde. Aber so einfach war es sicher nicht.

Tomasi registrierte, dass ich mich umsah, und schlug mir die Kappe vom Kopf. Die Leute schienen das gerne zu tun.

Er machte sich wieder an die Arbeit, schmiss Mehl herum. Ich zuckte jedes Mal zusammen, wenn er auf den Teig eindrosch – er schien heute wütender zu sein als sonst. Als er begann, den Belag zu verteilen, schaute ich etwas genauer hin. Jetzt ergaben seine Worte vom ersten Tag mehr Sinn:

Wenn du diese Pizza berührst, Bambino, bist du tot.

Kapitel 18

Ich stürzte einen Becher eiskalten Wassers hinunter und betrat die Höllenkammer.

Es schien noch heißer zu sein als sonst. Fresco tropfte – nein – strömte vor Schweiß. Ich ging auf Zehenspitzen näher und wischte meine Stirn ab.

»Wie geht es uns heute, Mr Fresco?«

»Gut, Junge.« Er schnaufte und nahm die Pizzaschachtel. »Eigentlich geht es mir nicht gut. All diese Ermittlungen sind eine ziemliche Belastung für mich …« Er knabberte an einer Artischocke. »Das schädigt meinen Ruf.«

Ich hatte eher den Eindruck, dass sein Ruf schon vor diesem Hausarrest ziemlich geschädigt gewesen war.

»Geht es Ihnen nicht gut, Mr Fresco?«

Er rieb sich über seine tropfenden Riesenbrüste.

»Mein Herz. Es schmerzt. In meinem ganzen Leben wurde ich noch nie so unrechtmäßig angeklagt.«

»Das tut mir leid, Mr Fresco.«

Ich beobachtete ihn bei seiner Arbeit mit den Belägen. Es war jetzt offensichtlich – es gab einen genauen Plan für sein Herumzupfen. Er hielt einen Pilz zwischen Zeigefinger und Daumen und dachte über die nächste Bewegung nach wie ein

Schachmeister. Er platzierte ihn am Rand der Pizza und sah mich an. »Wie auch immer – ich habe gehört, dass du nicht länger bei uns sein wirst.«

Ich schluckte und verbarg mein Gesicht im Wasserbecher. Woher wusste er, dass ich verschwinden würde? Oder meinte er etwas Bedrohlicheres? Das traute ich ihm nicht zu.

Er wartete auf eine Antwort, aber ich konnte nichts mehr denken. Wir standen einfach nur da und sahen uns durch den Nebel hinweg an.

»Reich mir ein Handtuch«, keuchte er schließlich. Ich gab es ihm und er tupfte sich anmutig ab. »Vergiss nicht, kleiner Junge, mit wem du es hier zu tun hast. Denk darüber nach, wenn du heute Nacht in deinem kleinen Hochbett liegst.« Er schloss die Pizzaschachtel und gab sie mir.

»Geh mir aus den Augen.«

Draußen öffnete ich die Schachtel und machte einen mentalen Schnappschuss der Pizza. Die Beläge bildeten nicht direkt Buchstaben, aber sie waren definitiv mit System angeordnet. Als ich die Schachtel in meine Tasche steckte, ertappte ich mich dabei, dass ich viel vorsichtiger war als sonst – als wäre es ein Kunstwerk.

Tomasi könnte es mir sagen. Er ertappte mich dabei, wie ich ihn beim Öffnen der Schachtel beobachtete.

»Esci da qui!!«, spie er und seine Zigarette schoss wie eine Gewehrkugel in meine Richtung. Die Zwillinge mussten gar nicht übersetzen, denn ich wusste auch so, dass er mich hochkant rausgeschmissen hatte.

Ich verließ das La Casa Bianca und blickte über meine

Schulter. Als ich sah, dass Tomasi in der Küche verschwand, wusste ich, dass ich handeln musste. Ich musste wissen, was er mit diesen in Belägen ausgelegten Nachrichten anstellte. Ich trippelte zur Tür zurück und lauschte den leiser werdenden Schritten. Mit größter Vorsicht schlich ich um die Ecken, bis ich ihn entdeckte. Er schloss die Hauptküche ab und fluchte. In der anderen Hand hielt er die codierte Pizza. Ich versteckte mich in einem Putzschrank, bedeckte mich mit Schürzen und ließ die Tür angelehnt. Seine Stahlkappenstiefel klackten davon und klapperten dann ein paar Stufen hinab. Ich zählte bis zehn und folgte.

Ich kam zu einer Ladebucht und einem Platz für Mülltonnen, auf dem überall Paletten standen. Durch ein Labyrinth von Balken hinweg sah ich ein seltsames Licht, das durch eine ramponierte Tür schien. Als ich mich näherte, hörte ich Tomasi murmeln – fast schon singen.

Wenn er mich jetzt erwischte, war ich erledigt. Ich griff in meine Manteltasche und holte die Püreepistole hervor. Mit dem Auge vor dem Schlüsselloch brauchte ich eine Weile, um die Szenerie zu verarbeiten: Tomasi kauerte am Boden und betete. Überall um ihn herum standen Kultobjekte, Heiligenstatuen und flackernde Kerzen. Es gab sogar einen Altar und ein Kreuz. Es war eine Kapelle, versteckt in den Lagerräumen des La Casa Bianca.

Ich entdeckte die Pizzaschachtel, die geöffnet auf dem Boden lag. Daneben befanden sich eine kleine Bibel, Stift und Kellnerblock. War das einfach nur Tomasi, der sich nach der Arbeit ein wenig Zeit für Spiritualität nahm? Ich sah noch einmal hin und realisierte, dass er gar nicht betete. Er klappte die Bibel auf, aber die Seiten bewegten sich nicht. Stattdessen gab es eine ausgehöhlte Stelle, aus der er ein winziges Büchlein nahm. Es war wahrscheinlich nicht größer als ein Zugticket.

Er drehte sich zur Pizza. Dann blickte er in das Büchlein. Schließlich schrieb er etwas auf den Kellnerblock. Er wiederholte das: Pizza betrachten, ins Büchlein schauen, etwas aufschreiben. Mir wurde klar, dass das die Aufschlüsselung der Beläge war – ein Code-Buch. Das musste ich haben. Als ich meinen Blickwinkel ändern wollte, stieß der Schirm meiner Kappe gegen den Türgriff. Es war nur eine leichte Berührung, trotzdem ging ein lautes Geräusch damit einher. Tomasi sah auf und eilte zur Tür. Er riss sie auf, seine Augen glühten vor Wut. Ich duckte mich schnell, als sein Arm ausholte.

»Du kleiner Wurm«, spie er auf Englisch. »Ich mache dich zu Brei! Ich werde dich zerstören, kleiner Junge.«

Ich raste durch die Küche, raus auf den Parkplatz und sprang wie ein routinierter Stuntman auf mein Fahrrad. Als ich mich kurz umdrehte, sah ich, dass Tomasis spinnenhafte Gliedmaßen in meine Richtung rotierten. Ich trat mit aller Macht in die Pedale zurück zum Mini-U-Boot.

Ich erklärte Prinzessin Tomasis Ritual. Berichtete über die kleine Kapelle in der Ladebucht und die Bibel mit dem versteckten Code-Buch. Außerdem erzählte ich ihr, dass mich Tomasi beim Spionieren erwischt hatte. Bei diesem letzten Teil stöhnte sie, aber lächelte.

»Gute Arbeit, Anchovi«, sagte sie. »Ich meine – fast gut. Beim Spionieren durchs Schlüsselloch erwischt zu werden … Anfängerfehler.«

»Ich bin ein Anfänger.«

»Ich weiß. Die harten Sachen machst du richtig gut, aber das Grundlegende vermasselst du!«

Schwarzes Wasser, wahrscheinlich Abwasser, zog an uns vorüber. Die flackernden Anzeigen warfen pinke und gelbe Schatten auf Prinzessins Gesicht.

»Wir brauchen dringend dieses Code-Buch«, sagte ich. »Das ist der einzige Weg, die Nachrichten zu lesen.«

Sie sah mich mit tiefen Augenringen an.

»Wir sprechen morgen darüber, Anchovi.«

»Es ist morgen«, stöhnte ich, als ich auf die Uhr blickte. »Zwei Uhr nachts.«

Wir tauchten im Trevi-Brunnen auf und zogen unsere Neoprenanzüge an, was in diesem Cockpit von der Größe eines Schuhkartons etwas schwierig war. Wir stießen andauernd gegeneinander und kicherten nervös.

Ein Obdachloser auf einer Bank war der einzige Mensch, der sehen konnte, wie wir aus dem Brunnen stiegen, aber er war zu müde, als dass es ihn interessierte. Als wir zum Parkplatz des Hotels kamen, sah ich nur eine einzige Sache vor mir: Bett. Wenn ich wieder in Rufflington war, würde ich wahrscheinlich einen ganzen Monat schlafen müssen. Ich sollte meinen Eltern eine Nachricht schicken, dachte ich. Gerade als ich zu tippen begann, fing meine Uhr wie verrückt an zu piepen.

Piiiiiiiiiiiiiiiiiiieeeep!

Prinzessin packte mich an den Schultern und stieß mich in eine Hecke.

»Runter mit dir und kein Wort!«, zischte sie. »Und schalte deine blöde Uhr aus!«

Wir lagen bewegungslos da. Prinzessin spähte durch die Blätter. Ich folgte ihrem Blick Richtung Schulbus, der für unsere Fahrt zum Flughafen bereitstand. Nur, dass er nirgendwohin fahren würde. Zwei korpulente Männer standen daneben und bewachten ihn mit Messern in der Hand.

Ich brauchte keine Oma und auch keinen Centurio, um sie wiederzuerkennen.

Kapitel 19

Brutus grinste Bruno an. Bruno nickte zurück. Dann marschierten sie auf die Hecke zu. Ich grub meine Hände in den Boden und starrte Prinzessin an.

Die Pistole, formten ihre Lippen lautlos. Aber die war nicht da. Sie befand sich in meinem Mantel und der war im Mini-U-Boot. Und ich lag um zwei Uhr nachts in einem Neoprenanzug in einem Blumenbeet. Durch eine Lücke sah ich ihre Füße. Keine Centurio-Sandalen oder Oma-Puschen, sondern große, gemeine Männerstiefel. *Das war's,* dachte ich. *Mein Leben ist vorbei.* Und es war doch eigentlich ziemlich schön gewesen. Ich blickte zu Prinzessin. War das das Letzte, was ich jemals sehen würde? Meine G.P.V.-Ausbilderin mit dem Gesicht im Dreck? Das Stampfen wurde lauter und ein Schatten verschluckte uns. Mein Herz hämmerte laut gegen meinen Brustkorb. Ich blickte hoch, erwartete einen der Handlanger. Aber da war nichts. Und dann passierte das Allerseltsamste. Das Stampfen wurde nicht lauter, sondern leiser. Sie entfernten sich von uns.

Was soll das?, formten Prinzessins Lippen lautlos.

Wir beobachteten, wie sie den Parkplatz verließen, und schlichen dann zum Hotel.

»Sei vorsichtig, Anchovi«, sagte Prinzessin, als wir uns auf der Treppe trennten. »Wahrscheinlich haben sie dein ganzes Zimmer demoliert.«

Ich erwartete aufgeschlitzte Kissen, Federn in der Luft, zerschlagenes Mobiliar. Vielleicht hatten sie Dexter gefesselt.

»Halt dich an deinem letzten Tag aus allem Ärger raus. Wir holen dich ab, wenn Nachtruhe ist.«

Auf Zehenspitzen schlich ich ins Zimmer, um das Durcheinander zu begutachten. Aber es war die übliche friedvolle Szenerie mit schnarchenden Jungs und Robin, der irgendetwas von »Teddy« murmelte. Irgendwie zog ich meinen Neoprenanzug aus und sank in die Kissen.

Erbärmliche drei Stunden später wurde ich von einer Stimme geweckt, die mir fast das Trommelfell platzen ließ.

»JETZT HAST DU DAS FASS ZUM ÜBERLAUFEN GEBRACHT, KINGSLEY!«

Die Jungs standen um mein Bett herum, während Hogstein sich in der Mitte aufgestellt hatte. Er schrie sich die Seele aus dem Leib.

»DAS IST DAS ENDE DIESER REISE FÜR DICH, KINGSLEY. DAS ENDE DEINER SCHULLAUFBAHN! DAS ENDE VON ALLEM!«

Seine Brillengläser beschlugen, seine Wurstfinger krümmten sich und sein großer fleischiger Kopf schien vor Wut anzuschwellen.

»W-was habe ich getan, Sir?«, stammelte ich und spürte die Tränen in meinen Augen aufsteigen.

»WAS DU GETAN HAST?« Er bleckte seine Zähne.

»Kingsley, du unverschämter Kerl!« Er hielt eine Spraydose hoch. »Die habe ich unter deinem Bett gefunden, also versuch nicht, mich zum Narren zu halten!«

Er zog mich aus dem Bett und führte mich im Polizeigriff die Treppe hinunter. Miss Odedra und die anderen Kinder folgten. Seine Stimme zitterte, als wir durch die Lobby und nach draußen gingen.

»Kingsley, ich bin SO enttäuscht von dir …« Er führte mich zum Bus und ich verstand immer noch nichts. »Nach gestern, am Mosaik, dachte ich, wir wären einer Meinung.«

Mir fiel wieder ein, wie ich Hogstein in einem Moment totaler Verrücktheit sogar umarmt hatte.

»Aber heute Morgen haben wir das hier vorgefunden …« Er streckte seine Hand Richtung Bus aus.

Mein Herz sank. Jetzt wurde mir klar, was Bruno und Brutus hier spielten. Die Räder des Busses waren aufgeschlitzt worden. Und auf dem Bus selbst stand mit roter Farbe gesprüht:

HOGSTEIN STINKT NACH EIERFURZ

Ich war zu geschockt, um das lustig zu finden. (Was es – für sich betrachtet – war.) In dieser Situation konnte ich nur den Klassiker bringen: »Sir, ich war das nicht!«

»Erzähl mir keinen Quatsch, Kingsley! Sprühfarbe unter deinem Bett und der Hotelmanager hat dich auf dem Parkplatz gesehen. Mit dem Zimmermädchen, sollte ich dazusagen.«

Es gab ein paar gedämpfte Lacher.

»Aber Sir – sehen Sie sich die Aufzeichnungen der Überwachungskameras an! Ich war das nicht!«

»Wer sollte es denn sonst gewesen sein? He?«

Ich biss mir auf die Unterlippe. Zwei Kriminelle, die für einen Kunstdieb arbeiten? Die Wahrheit würde Hogstein wahrscheinlich noch wütender machen.

»Und übrigens, Kingsley: Ich rieche *nicht* nach Eier–«

Er wurde vom Sirenengeheul eines Polizeiwagens unterbrochen. Dieser hielt neben dem Bus und ein Polizist mit Sonnenbrille sprang heraus. Er untersuchte das Graffiti, jammernd und gackernd wie ein nasser Truthahn.

»Schockierend, Hauptkommissar, ich weiß«, surrte Hogstein. »Aber ich versichere Ihnen, dass der Schuldige in dieser Angelegenheit –«

Der Polizist kam zu uns herüber und stupste mich an.

»Kleiner Junge«, sagte er. »Du bist festgenommen.«

Die anderen Kinder keuchten. Odedra schrie auf. Hogstein geriet in Panik.

»Nein, wirklich, Hauptkommissar, ich denke nicht, dass das nötig ist …«

Der Polizist stupste jetzt ihn an.

»Und Sie auch.«

Wir waren zu überrascht, um zu kapieren, dass wir Handschellen angelegt bekamen und in ein italienisches Polizeiauto geschoben wurden. So eng an Hogstein gequetscht hatte ich das Gefühl, mir den Sitz mit einem schnaubenden Bullen zu teilen. Einer, der gerade vor einer Disco mit dem Motto Rot rausgelassen worden war. Er protestierte weiter, doch der Polizist und sein Kollege hörten gar nicht zu.

Als wir bei der Polizeistation ankamen, nahmen sie ihre Sonnenbrillen ab und grinsten mich auf abscheuliche Art und Weise an. Ich hätte es kommen sehen sollen.

»So schön, dich wiederzusehen, Kleiner.«

Kapitel 20

Sie ließen Hogstein in einem Warteraum und warfen mich in ein Zimmer. Keine Fenster, keine Möbel. Einfach nur eine Wand mit Archivschränken und einem kaputten Ventilator. Die Polizisten hatten die Hände hinter dem Rücken verschränkt und bedrängten mich.

»Was denkst du, Brutus? Dieses Mal Elektroschocker? Oder sollen wir den Schäferhund reinlassen?«

Ihre großen hässlichen Polizeistiefel kamen mit einem Knirschen näher.

»Oder einfach der gute alte Schlagstock?«

Ich scannte den Raum nach irgendeinem Entlüftungsschlitz ab, durch den ich springen konnte. Oder ein loses Brett im Boden, unter das ich mich winden konnte. Oder zumindest einen Stuhl, den ich auf sie werfen konnte.

»He-he. Du hast hart gekämpft, Kleiner.«

Sie erhoben ihre Schlagstöcke.

Ich flog gegen die Aktenschränke und schloss meine Augen. Ich hörte, wie die Schlagstöcke gegen Metall schlugen. Das Reißen meines T-Shirts. Den Aufprall eines Pizzadetektivs, als er gegen ein paar Schubladen stieß. Und das Klappern, als derselbe Pizzadetektiv in einen Aktenschrank gezogen wurde. Ich sage Aktenschrank, es war eigentlich eine große Metallkiste, die nur so aussah. Und ich war nicht von Brutus und Bruno hineingezogen worden. Ich starrte in die großen dunklen Augen und bebenden Nasenflügel der Döner-Prinzessin. Was merkwürdigerweise nett war, aber auch richtig peinlich.

»Was zum …?«, stammelte ich. »Wo …? Wie …?«

»Keine verdammte Zeit!« Sie betätigte einen Hebel und der Aktenschrank begann sich zu drehen.

Ja, sich zu drehen. Als er sich um 180 Grad gedreht hatte, wurden wir in eine Küche auf der anderen Seite der Wand gespuckt. Wir hörten das *Bum-bum-bum* des schlimmen und des noch schlimmeren Polizisten, die den Raum nebenan zusammenschlugen.

»War das ein …?«

»Sich drehender Aktenschrank, ja.« Sie klopfte sich den Staub ab. »Was hast du erwartet, ein sich drehendes Bücherregal? Wir sind hier nicht mehr in den 1930ern, Anchovi!«

Ich sah mich um. Wir waren umgeben von mehreren Rollwagen mit Broten und der Duft von Zimt waberte durch die Luft.

»Ist das ein Ort des G.P.V.?«

»Ja. Ziemlich praktisch, in der Nähe einer Polizeistation zu sein.«

Plötzlich knallten Töpfe und Pfannen und Tabletts und Bottiche um.

»Heiliger Grillspieß! Hier lang«, rief sie und wir rasten

durch einen Lagerraum und durch die Hintertür nach draußen. Wir hörten Bruno und Brutus durch die Küche wüten.

»Aus dem Weg! Los! Los!«

Als wir über den Platz mit den Mülltonnen eilten, knallte die Hintertür auf. Sie stürzten heraus, mit Mehl und Marmelade bedeckt. Von italienischen G.P.V.-Delegierten beworfen worden, dachte ich.

»Lauf, Anchovi«, schrie Prinzessin.

Wir sprinteten zu einem Müllcontainer – *dem* Müllcontainer, hoffte ich – und kletterten durch die Luke. Die Zwillinge saßen am Steuer und stritten darüber, wer von beiden fahren durfte. Sobald wir im Innern waren, begann die ganze Vorrichtung zu rattern. Brutus und Bruno schlugen von außen wie bekloppt dagegen.

»Wir werden dich kriegen, kleiner Kumpel! Irgendwo kriegen wir dich!«

»So lahm …« Yelena seufzte und drückte die Bedienelemente. Wir schwirrten los, aber anstatt die Gasse hinunterzufahren, drehten wir uns im Kreis.

»Was tust du da, Lena?«, meckerte Yaconda.

»Hör auf zu plappern, Plappermaul – die große Schwester muss sich konzentrieren!«

Auf dem Kontrollbildschirm erschien in leuchtenden orangefarbenen Buchstaben das Wort: MAGNETISIEREN. Dann erschien das Bild des Mülltonnenplatzes. Die beiden mit Mehl und Marmelade eingesauten Irren rannten herum, aber unser Müllcontainer schien von anderen Müllcontainern beschützt zu werden. Ich fragte mich schon fast, ob die Zwillinge die Orientierung verloren hatten, als mir auffiel, dass die anderen Mülltonnen sich unserer angeschlossen hatten – wie magnetisch. Wir ratterten hin und her, schlossen uns mit ihnen zusammen, bis wir einen Zug aus rollenden Müllcontainern gebildet hatten.

»Jetzt kommt der lustige Teil«, kicherte Yelena. Sie ließ die Mülltonnen um Brutus und Bruno herumkreisen wie Waggons in einem Cowboyfilm.

»Willst du die ehrenvolle Aufgabe übernehmen?« Yaconda deutete auf einen grünen Knopf.

Auf dem Bildschirm war das Wort UMKIPPEN erschienen. Ich drückte den Knopf. In einer tödlichen Bewegung öffneten alle Müllcontainer – bis auf unserer – ihre Deckel und schaukelten hin und her. Bruno und Brutus wurden mit allem möglichen Dreck beworfen, den man sich nur vorstellen konnte.

»Ahhhhhhhhh!«

Mülltüten platzten und der Inhalt breitete sich über ihnen aus: Kartoffelschalen, Fischgräten, verkrustete alte Dosen, halb leer gefutterte Imbiss-Verpackungen und unendlich viel Fett.

Wir düsten davon und lachten.

»Gute Arbeit, Team!«, brüllte Prinzessin. »Zum La Casa Bianca!«

»Holen wir das Code-Buch?«, fragte ich.

»*Ich* hole das Code-Buch, Anchovi. Im Moment können wir uns keine weiteren Pannen erlauben. Nicht böse gemeint, aber du bist immer noch ein Lehrling.«

Sie reichte mir ein Bündel: der Trenchcoat und die Püreepistole, die ich im Mini-U-Boot vergessen hatte.

Ich hatte ziemlich üble Laune, bis wir am La Casa Bianca waren.

»Du kannst zusehen und etwas daraus lernen, Anchovi«, rief sie in herablassendem Tonfall.

Sie und die Zwillinge diskutierten den Plan: Tomasis Telefon hacken, sich als Fresco ausgeben, ihm erzählen, dass der G.P.V. kommt und er das Code-Buch deshalb in die nächste Mülltonne (also unsere) werfen soll. Ein netter Trick, aber ich hatte keine Lust, ihnen Honig ums Maul zu schmieren. Doch als Yaconda wählte, brach die Leitung zusammen. Offenbar hatte selbst der G.P.V. Probleme mit dem Empfang. Sie versuchten es Dutzende Male, seufzten und stöhnten und ärgerten sich. Yelena sagte immer wieder, dass die große Schwester alles unter Kontrolle hätte. Hatte sie nicht. Sie fragten nicht mal, ob ich helfen könnte. *Nicht böse gemeint, aber du bist noch ein Lehrling*. Nach einer Weile hatte ich genug. Ich warf mir den Trenchcoat über, stieß die Luft aus meinen Wangen und kletterte raus.

»Was zum Teufel tust du?«, zischte Prinzessin.

»Ich kriege das hin«, sagte ich in meiner besten Actionheld-Stimme. »Wo sind die explodierenden Oliven?«

Kapitel 21

Tomasi stand an der Tür und stieß Rauch aus wie ein schlecht gelaunter Schornstein. Seine blutunterlaufenen Augen glitten vor und zurück. Dann schlich er wieder in die Kapelle. Ich duckte mich hinter die Kisten und sah eine Nachricht auf meiner Uhr:

Du musst die Ringe abziehen, um die Dosen zu aktivieren. Sei vorsichtig. Camillo.

Da es sich bei den explodierenden Dosen um effektive Handgranaten handelte, hatte er nicht ganz unrecht.

Es mussten um die 200 Stück davon auf der Palette gewesen sein. Ich zog sie langsam hervor und zog die Ringe ab. Dann begann ich, sie auf einem großen Plastiktablett zu einem Turm zu stapeln. Es klingt verrückt, aber

ich fühlte mich wie ein Kleinkind, das mit Bauklötzen spielte – vorsichtig balancierte ich eine Dose auf der anderen aus und hoffte, dass niemand sie umstieß. Und wie ein Kleinkind war ich auch total in meine Aufgabe vertieft. Alles, was zählte, war das Stapeln dieser Dosen. Wenn ich einen Fehler machte, konnte das in ernsthaften Verletzungen durch Oliven enden. Schließlich hatte ich die Dosen so hoch gestapelt, dass sie meinen Kopf verdeckten, wenn ich das Tablett hielt.

Das ist es, dachte ich. Ich sah schon die Überschriften vor mir, wenn das alles in die Luft flog: Tod durch Oliven: Das tragische Unglück eines Schuljungen in italienischer Ladebucht. Ich hievte die Dosen hoch, schlich hinter der Palette hervor und ging so leise ich konnte über den Vorplatz. Mein Blickfeld beschränkte sich auf den Teil unterhalb meiner Hüfte und ich konnte gerade so die Metallstufen ausmachen, die zu Tomasis Versteck führten. Ich stieg langsam hinunter und war extra vorsichtig. Aber eine Stufe war rutschig und ich trat ins Leere. Für eine Sekunde wackelte der explosive Turm gefährlich hin und her. Ich schloss meine Augen und atmete tief ein.

Fokussieren, Colin. Irgendwie fand ich mein Gleichgewicht wieder und schaffte es bis zur obersten Stufe. Und dann wurde mir der Riesenfehler in meinem Plan bewusst. Die Tür. Wie konnte jemand zwei Dutzend Dosen mit explosiven Oliven halten und gleichzeitig an die Tür klopfen? Ich konnte hier nicht ewig warten.

Als mir die Arme beinahe abgestorben waren, hörte ich eine Stimme. Eine tiefe, barsche Stimme mit amerikanischem Akzent.

»Hey, Tomasi! Mach mal die Tür auf! Ich habe hier eine kleine Überraschung für dich.« Wenn ich mir im Kolosseum *beinahe* in die Hose gepinkelt hatte, war das jetzt zu 99,999999 Prozent der Fall. Ich wartete auf den Schlagstock oder den Speer oder den Schäferhund oder was auch immer mich von hinten angreifen würde. Aber dann die süße, süße Erkenntnis: Das waren die Zwillinge! Sie haben aus meiner Uhr gesprochen und Bruno und Brutus imitiert!

Die Tür ging knarrend auf. Tomasi gab einen Grunzlaut von sich bei dem, was er sah: einen seltsamen wackligen Turm aus Dosenoliven mit zwei Beinen darunter. *Jetzt*, dachte ich. *Wir brauchen das Code-Buch*. Seine Spinnenarme griffen nach mir. Meine Handflächen begannen zu schwitzen und meine Beine zu zittern. Er fiel darauf rein. Er dachte, das hier war eine Lieferung. Ich reichte ihm das Tablett und in diesem Augenblick erkannte er mein Gesicht. Er krächzte vor Angst, kam ins Wanken und schließlich, als ich an ihm vorbeiglitt, stürzte er mit 24 Dosen explodierender Oliven in die Ladebucht. Es gab einen ohrenbetäubenden Knall. Gas waberte durch die Luft und schwarze Kugeln hüpften wie verrückt in der Gegend herum, schlugen gegen die Balken und zersplitterten Fenster. Als ich die Kapelle betrat, rief ich den mentalen Film meines letzten Besuchs ab.

Am Altar das Stehpult. Auf dem Stehpult die Bibel. In der Bibel das Code-Buch. Auf dem abgegriffenen Cover stand der Titel:

Bla-Vinci-Code speciale

Schnell steckte ich es in meine Tasche. Tomasi krümmte sich auf dem Asphalt, während ihn die Oliven zwickten wie Moskitos auf Steroiden. »NEEEEEEEEEEIIIIIIIIIIIN!«, krächzte er.

Jetzt erkannte ich den zweiten Riesenfehler in meinem Plan. Wie überquert man eine Ladebucht inmitten eines Sturms aus explodierenden Oliven? Meine Antwort kam mit dem DONG! eines Mülltonnendeckels, der gegen den Türrahmen schleuderte und mich fast köpfte.

»Nutz das als Schild«, rief Prinzessin, die aus dem Müllcontainer gekommen war und den Deckel von irgendwoher geschmissen hatte. »Schütz deinen Kopf und lauf. Los!!! Du schaffst das, Anchovi!«

Ich hielt den Deckel wie ein Gladiator und sprintete los, auch wenn mir die nervigen Oliven in den Knöchel zwickten. Ich stolperte in den Müllcontainer und alle begannen zu jubeln: *»Anchovi! Anchovi!«*

Ich lachte und dankte den Zwillingen für die Imitation von Brutus und Bruno.

»Gern geschehen, kleiner Kumpel«, sagte Yelena, noch immer in ihrer Rolle. »Ich dachte, damit hätte sich die Aufgabe erledigt.«

»Was redest du da, Lena?«, sagte Yaconda, ebenfalls in ihrer Rolle. »Das war meine Idee.«

»Oh, hör auf zu labern, Labertasche«, versuchte ich zu scherzen.

»Hey! Lass meine kleine Schwester in Ruhe«, rief Yelena.

»Könnt ihr vielleicht für eine Sekunde mit diesem Kindergarten aufhören?«, rief Prinzessin. »Wir haben Fresco am Wickel! Und ich betone das Wort ›wir‹, Leute.«

Sie hatte recht. Es war das Beste, was ich die ganze Woche empfunden hatte: Fresco schrieb Botschaften mithilfe von Pizzabelägen, genau wie ich es mir gedacht hatte. In dem winzigen Buch befanden sich Seite um Seite Diagramme, Pizzastücke mit unterschiedlich arrangierten Belägen. Unter jedem Arrangement befand sich ein Buchstabe des Alphabets. Es gab sogar auch ein System für Zahlen. Am besten aber war das Schaubild, das Tomasi erklärte, wie er die Pizzabeläge zu lesen hatte:

REGELN

- JEDES STÜCK STEHT FÜR EINEN BUCHSTABEN ODER EINE ZAHL.
- JEDE/R BUCHSTABE/ZAHL WIRD DURCH EINEN BESTIMMTEN BELAG ERSETZT.
- LIES DEN BELAG VOM RAND ZUR SPITZE.
- LIES DIE STÜCKE IM UHRZEIGERSINN.
- BEGINNE BEIM OBERSTEN RECHTEN STÜCK.

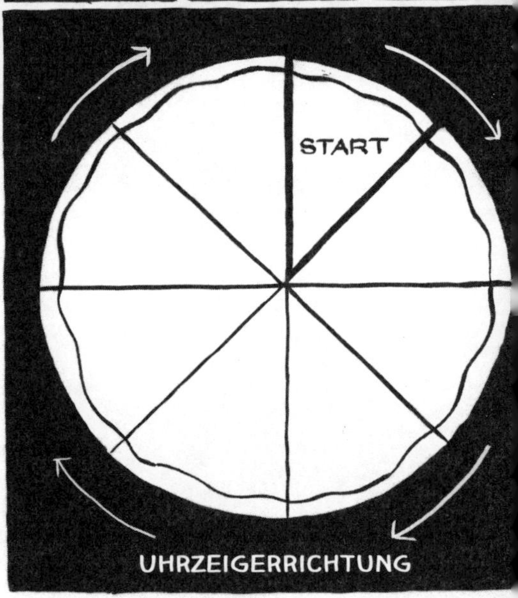

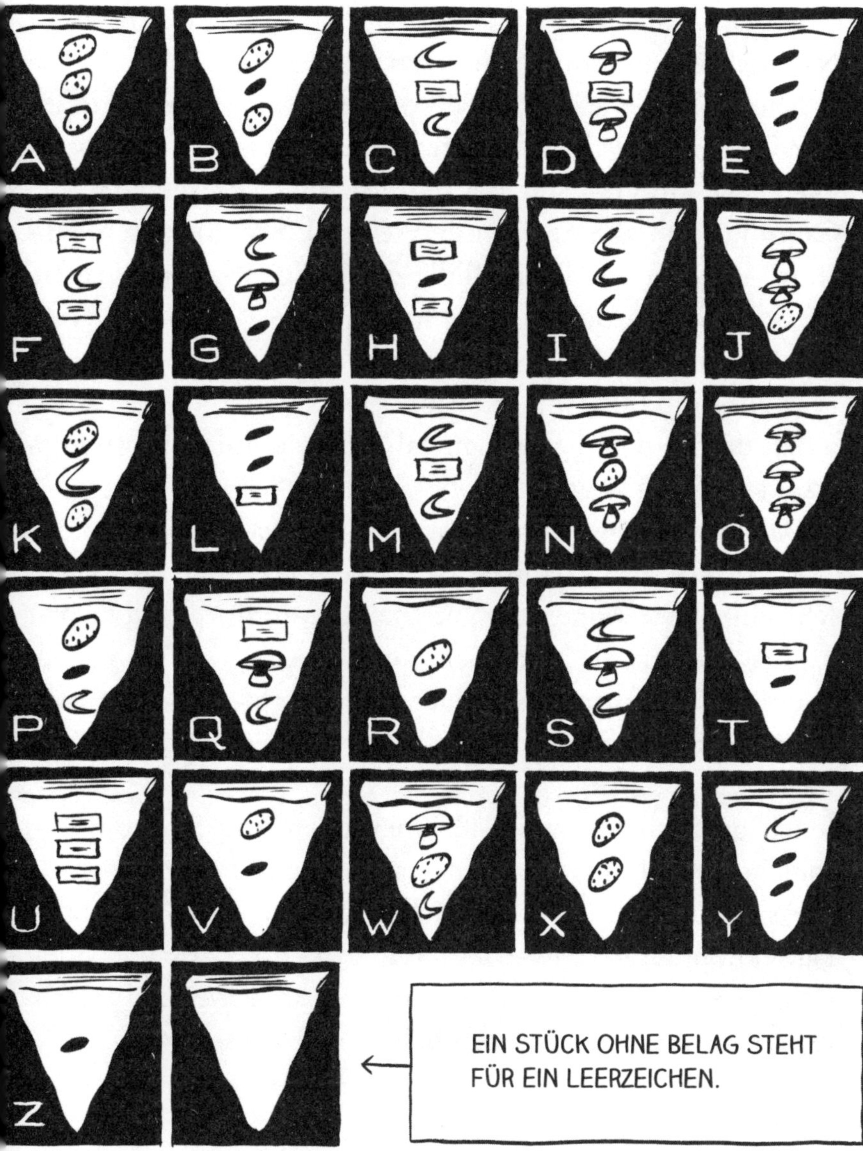
A
B
C
D
E
F
G
H
I
J
K
L
M
N
O
P
Q
R
S
T
U
V
W
X
Y
Z
EIN STÜCK OHNE BELAG STEHT FÜR EIN LEERZEICHEN.

Ich fand es eine ziemlich seltsame Art, seinen Komplizen Nachrichten zukommen zu lassen.

Aber es zeigte wieder, dass Fresco einfach ziemlich seltsam *war*. Und er hatte viel freie Zeit zur Verfügung.

»Yelena, gib Gas: Wir machen uns auf den Weg zur Villa Campino, um die Sache mit Fresco direkt zu klären. Anchovi – kannst du dir die Bilder der Beläge vor Augen rufen, die er Tomasi zurückgeschickt hat?«

Ich überlegte kurz.

»Kannst du mir Stift und Papier geben?«

Ich dachte daran, was General Schlüssel mir bei unserem ersten Treffen gesagt hatte:

Dein Gedächtnis. Du hast eine außerordentliche Gabe.

Prinzessin brachte mir Stifte, Papier und pinke Limonade. Ich schloss die Augen und versuchte, mir all die Bilder vor Augen zu rufen, die in meinem Kopf waren. Ich reihte sie hintereinander auf wie Standbilder. Dann dachte ich an meinen ersten Besuch bei Fresco zurück. Wie sah die Pizza aus, als er sie mir zurückgab?

Ich durchsuchte meine Erinnerungen und fand das entsprechende Bildmaterial. Es war wie ein Film, der rückwärtsgespult wurde. Schließlich drückte ich den mentalen Pauseknopf an der Stelle, als ich mir die Pizza ansah. Schnell versuchte ich, sie zu zeichnen, die Art und Weise einzufangen, in der die verschiedenen Beläge angeordnet waren.

Es sah in etwa so aus:

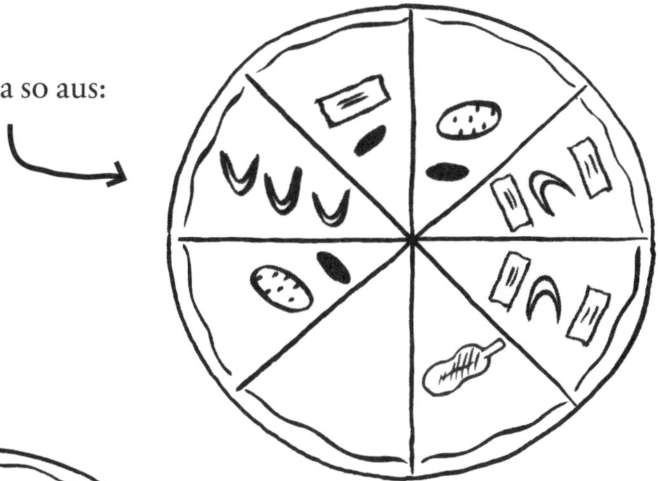

Ich wiederholte das Ganze für meinen zweiten Besuch bei Fresco. Die Pizza sah so aus:

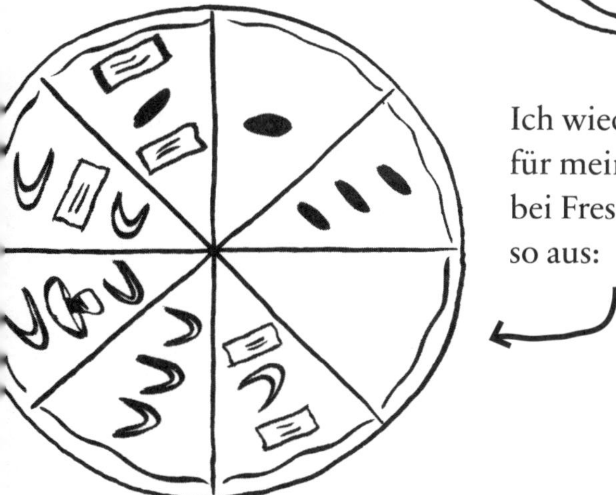

Und dann für den dritten Abend:

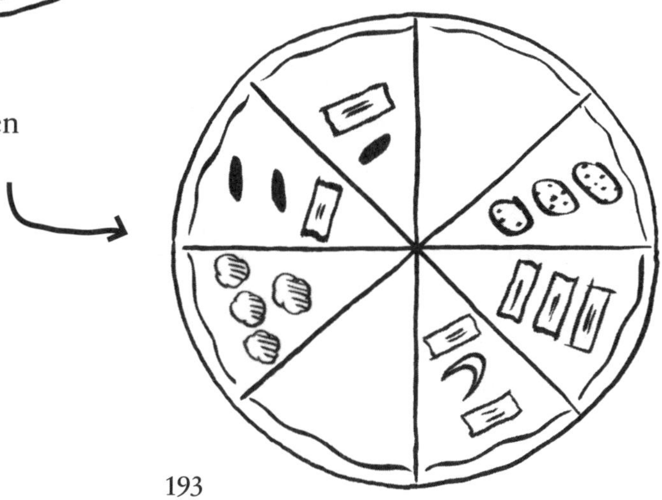

Ich riss alle drei Blätter aus dem Block. Mit Prinzessins Kaugummi klebten wir sie an die Wände, weil auf dem Fußboden kein Platz war. Dann studierte ich das Code-Buch. Ich blätterte vor und zurück, durch alle Seiten, alle Varianten. In einigen Fällen erinnerte ich mich noch daran, wie ich durch den Nebel der Dampfsauna Frescos Finger beobachtet hatte, die die Formen legten. Lustig, dass keine davon Anchovis beinhaltete. Er hasste Anchovis. Wir fuhren gerade den Hügel zur Villa Campino hoch, als ich die Nachricht entschlüsselt hatte. Sie für kryptisch zu halten, war noch ziemlich untertrieben.

Die Beläge ergaben folgende Buchstaben und Zahlen:

RFF1 RITZE FISCH AUF 8LT

Ich zeigte es Prinzessin.

»Was zum Teufel? Ritze Fisch auf?«

»Ich weiß.«

»Ich verstehe das nicht«, seufzte sie. »Ich dachte, das wäre die Antwort, irgendein Ort, irgendetwas, das Tomasi in die Pläne einweiht.«

Wir passierten das Tor.

»Wir quetschen ihn zu diesen Nachrichten aus und finden heraus, wo dieses Gemälde versteckt ist.«

»Okay.«

»Im Ernst – das ist unsere letzte Chance.«

Wir trennten uns von den Zwillingen und kletterten raus. Als Prinzessin und ich den Kontrollstand erreichten, kam mir ein schrecklicher Gedanke.

»Prinzessin, das soll jetzt nicht so klingen, als würde ich aufgeben ... aber was, wenn Fresco gar nicht weiß, wo das Gemälde ist?«

»Mir gefällt deine Einstellung nicht, Anchovi«, fuhr sie mich an. »Fresco weiß es. Wir müssen es wissen. Und wir müssen es jetzt wissen.«

Vor der Villa standen mehr Polizeiautos als üblich – genau wie Krankenwagen. Unsere Uhren fingen an zu piepen und in dringlichem Rot zu leuchten. Auf unseren Bildschirmen erschien ein Gesicht: General Schlüssel. Er schloss die Augen und atmete tief ein.

»Ich hoffe, ihr seid gewappnet, ihr zwei.«

Wir blieben stehen. In seiner samtenen Stimme lag ein Zittern.

»Der große Alan Fresco ist tot.«

Kapitel 22

Man hatte ein weißes Laken über seinen großen Rumpf geworfen, sodass er wie ein Eisberg aussah. Niemand hatte daran gedacht, den Dampf auszustellen, der immer noch durch den Raum waberte.

Crudo sprach mit den Sanitätern und trocknete sich mit einem Handtuch ab.

»Was mich betrifft«, dröhnte er, »ist dieser Fall abgeschlossen. Wir haben das *Mädchen mit einer Wüstenrennmaus* in seinem Haus gefunden. Und Fresco«, er deutete auf den Leichnam, »hatte einen Herzinfarkt, als er es herausgefunden hat. Ganz einfach.«

»Hauptkommissar«, sagte Prinzessin. »Das *Mädchen mit einem EICHHÖRNCHEN* ist gefälscht. Und nichts ist einfach auf dieser Welt.«

»Ihr Kinder verkompliziert die Dinge gerne. Bringen Sie ihn weg!«, fuhr er die Sanitäter an.

»Moment!« Ich hatte etwas entdeckt, das unter dem Laken hervorlugte. Bevor ich darüber nachdachte, warum das so war, zog ich es weg.

»Was tust du da, Lehrling?«, schrie Crudo.

Es befand sich eine Öffnung im Boden, die teilweise von Frescos sitzsackgroßen Pobacken bedeckt war.

»Bäh, Anchovi! Du Irrer!«, brüllte Prinzessin. »Das ist sein Klo!«

»Er hat seinen Raum nie verlassen, Kinder. Und er musste schließlich auch mal«, sagte Crudo kopfschüttelnd.

»Sie meinen, er hat ununterbrochen auf seiner Toilette gesessen? Das ist hart!«, sagte Prinzessin und hielt sich die Hand vor den Mund.

Frescos Körper war noch schlaffer als sonst. Er wirkte wie die Hülle eines Heißluftballons und sein Kopf war auf seine Brust gesunken. Irgendein seltsamer Instinkt ließ mich ihn berühren und nach hinten schieben. Die Sanitäter schnappten nach Luft, Crudo fluchte und Prinzessin schrie. Denn das, was wir sahen, war nicht im geringsten Frescos Kopf. Da war kein Gesicht – nur ein klaffendes Loch. Ich hatte ein weiteres Standbild in meinem Kopf: das seltsame Stück schlaffer Haut auf dem Gemälde in der Sixtinischen Kapelle. Fast wie ein Overall, hatte ich gedacht. Oder ein Fatsuit ohne eine Person darin.

»Irgendwer muss mir helfen, dieses Ding umzudrehen«, rief ich.

Wir rollten den Körper herum, und da befand sich, im Nebel der Dampfsauna kaum sichtbar: ein Reißverschluss, ein echter Reißverschluss, der an Frescos Rücken hinunterlief.

Ich fühlte mich wie im Bio-Unterricht, wo Frösche oder Schweineherzen zerlegt wurden.

»Anchovi – was hast du vor …?«, keuchte Prinzessin.

Ich zog am Reißverschluss. Es gab ein furzartiges Geräusch, als der schlaffe Körper ganz in sich zusammenfiel. Er war leer.

»Das ist ein Fatsuit«, brüllte ich. »Fresco ist nicht tot! Er ist geflohen!«

Ich leuchtete mit dem Licht meiner Uhr in die Toilette. Stufen führten in die Dunkelheit.

»Durch die Toilette?«, stöhnte Prinzessin und klang dabei, als müsste sie sich jeden Moment übergeben.

Es schien etwas verzwickt zu sein, aber ich musste es klar und deutlich aussprechen.

»Er ist aus seinem eigenen Fake-Hintern gekrochen, ja.«

»Bähhhhhhh!«

»Wir brauchen Verstärkung!«, brüllte Crudo den Wachen draußen zu, dann wandte er sich an mich. »Was bedeutet das deiner Meinung nach, Lehrling?«

Ich atmete tief ein.

»Erstens, Hauptkommissar, heiße ich Mark Anchovi. Zweitens ist das doch offensichtlich, oder nicht?«

Ich deutete auf den Fatsuit. »Fresco hat nichts gegessen außer dem seltsamen Pizzabelag. Er hat in dieser Dampfsauna richtig geschwitzt. Er ist geschrumpft und durch die Toilette abgehauen.«

Ich ging rüber zum Fluchttunnel und blickte hinein. Jetzt oder nie.

»Ich gehe rein.«

Es wurde mucksmäuschenstill im Raum, nur das Surren der Dampfmaschine war zu hören. Prinzessin fand als Erste ihre Sprache wieder.

»Ich begleite dich, Anchovi. Ich bin schließlich deine Vorgesetzte, vergiss das nicht.«

Crudo fuhr zurück und nestelte an seiner Krawatte.

»Ich werde, ähm … hierbleiben und darauf achten, dass es keinen Ärger gibt.«

»Wie auch immer.« Prinzessin zuckte mit den Schultern. »Ich gebe General Schlüssel Bescheid.«

Sie tippte eine Nachricht. Wir atmeten alles, was an Frischluft übrig war, tief ein und kletterten in Frescos Toilette. Der Gestank war wie ein Schlag ins Gesicht. Selbst seine Scheißhaufen waren brutal. Wir hatten keine Ahnung, wie weit er uns voraus oder wann er abgehauen war. Aber wir mussten ihm folgen. Die Leiter führte immer weiter abwärts, tief in den Untergrund. Während wir kletterten, tauschten wir unsere Gedanken aus.

»Das gefälschte Gemälde ergibt jetzt einen Sinn, Anchovi, das ist mir klar.«

»Du meinst, er hat seinen Tod vorgetäuscht, damit der Fall abgeschlossen wird.«

»Ja. Crudo hat ihn so gut wie abgeschlossen. Gemälde wieder da, Verbrecher tot.«

»Aber warum musste er so tun, als würde er das falsche Gemälde stehlen, wenn er das echte schon hatte?«

»Weil er uns täuschen wollte. Wie alle kriminellen Superhirne …«

Sie klopfte mir auf die Schulter. »Aber er hat nicht damit gerechnet, dass du so irre bist und in fremder Leute Toiletten guckst.«

Ich grinste und leuchtete mit meiner Taschenlampe nach

unten. Der Schacht endete, dafür begann ein Tunnel. Von Fresco keine Spur. Wir hörten nur den Hall unserer eigenen Schritte. Prinzessin holte ihre Giftpfeile hervor. Ich nahm die Püreepistole. Es war eng und dunkel und wir beschleunigten das Tempo, um endlich zum Ausgang zu kommen. Nach etwa zehn Minuten sahen wir vor uns ein winziges Licht. Und dann sahen wir *ihn*: Fresco – aber nicht so, wie wir ihn kannten. Er hatte sich in ein kleines, dünnes Wesen verwandelt. Fast schon jungenhaft. Aber ich erkannte die attraktiven Gesichtszüge und die Frisur, die mir bei meiner letzten Auslieferung aufgefallen waren. Er verschwand aus unserem Sichtfeld und wir schlichen an die Höhle heran. Als wir uns hinter einen Felsen kauerten, fiel uns ein steiniger Strand mit einem Steg auf. Fresco kletterte in ein Speed-Boot, rechts und links von ihm Brutus und Bruno in dunklen Anzügen. Auf dem Vordersitz hatte unser Verräter Platz genommen – Justin. Er grinste Fresco an.

»Dreckiger kleiner Fiesling«, murmelte Prinzessin und bedachte ihn mit ihrem Döner-Blick. Vielleicht spürte Justin das. Oder vielleicht blickte er gerade zufällig in die Richtung des Felsens. Wie auch immer – er sah Prinzessins Pferdeschwanz und erkannte die markante Form. Von einer Sekunde auf die andere fing er wie ein Baby an zu heulen.

»Schnappt sie euch!«, brüllte Fresco.

Brutus und Bruno sprangen über die Felsen und griffen in ihre Taschen. Prinzessin feuerte einen Pustepfeil auf Bruno ab, der ihn im Bauch traf. Ich zielte mit der Püreepistole. Mein Finger war gerade am Auslöser, als mir das Cap vom Kopf flog und der Felsen explodierte. Ich hörte einen Schrei und sah, wie Brutus seine Hand umklammerte, während seine Pistole in einen Felstümpel fiel. Ein Loch hatte sich in seinen Designer-Anzug gebrannt und Tomatensoße – oder Blut – verschmierte seine ganze Hand. Ich wollte losrennen, wurde aber von Bruno festgehalten, er knurrte wie ein wildes Tier in mein Ohr. Er hob einen Stein, ließ ihn jedoch fallen, als Prinzessin ihm ihre Zähne ins Handgelenk rammte. Seine andere Hand schlug mir ins Gesicht und haute mich von den Füßen. Ich stolperte auf die Felsen und knallte mit dem Kopf auf. Wie aus weiter Ferne nahm ich wahr, dass Prinzessin schrie, Fresco lachte und Justin jubelte. Für den Bruchteil einer Sekunde schwebte ich in der Luft, und dann waren nur noch Wasser und Dunkelheit um mich herum. Es war das zweite Mal innerhalb einer Woche, dass ich untergetaucht worden war. Die Blasen tosten in meinen Ohren. Das Speed-Boot heulte auf.

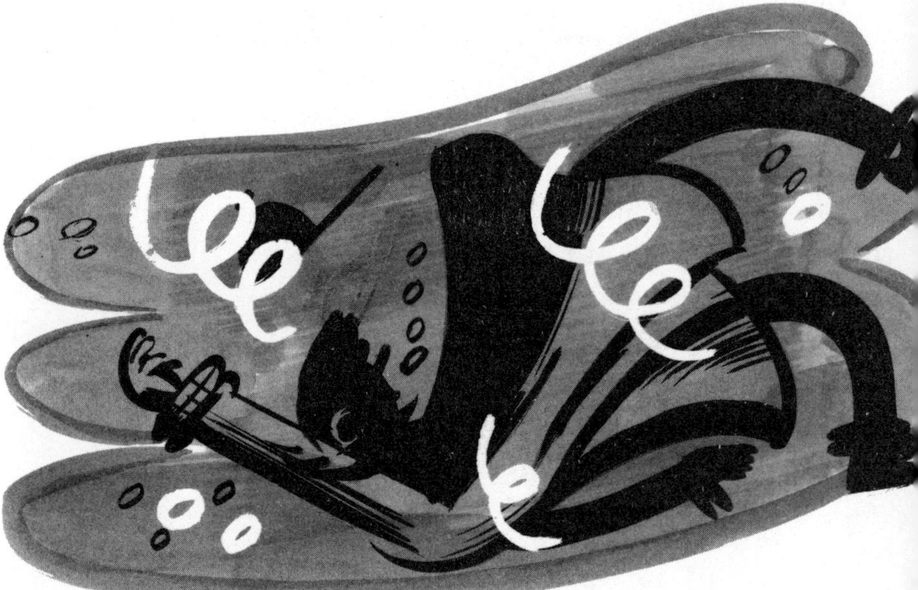

Ich konnte kein Seegras oder Steine oder den Grund sehen. Nur tiefe bläuliche Schwärze. Etwas Langes, Schleimiges wickelte sich um meine Knöchel.

Ich spürte das Gezappel und Gekrabbel von Meerestieren. *Ritze Fisch auf.* Die Erkenntnis traf mich schlagartig. Den Fisch. Die Anchovi. Mich. Es war ganz einfach, was Fresco meinte: Tötet Colin. Ritzt mich auf.

Ich schloss die Augen und sah etliche unzusammenhängende Bilder vor mir. Ich sah meinen Vater, der den Boden in Caesars Pizzeria wischte. Die sommersprossigen Hände meiner Mutter, die mir den Kragen glatt strichen. Alicia, die die Saiten ihrer Bassgitarre zupfte. Opa, der Dinnergloves etwas zuflüsterte. Ich würde sie nie wiedersehen.

Kapitel 23

Blendendes Licht umgab mich. Vor meinen Augen schwamm ein weißer Kittel. In der Ferne breiteten sich Wolken aus. Ich fühlte mich schwerelos.

»Anchovi? Anchovi? Kannst du mich hören?«

Ein schmales Gesicht mit zwei verschiedenfarbigen Augen blickte mich an.

»General Schlüssel?«

Er stieß einen langen Seufzer aus. Ich spürte seine Hand auf meiner Schulter.

»Prinzessin, er lebt.«

Sie kam in den Raum geschossen und fiel mir um den Hals. Sie trug einen Kopfverband, der sie wie einen gemeinen Tennisspieler aussehen ließ.

»Zerquetsch ihn nicht!«, sagte General Schlüssel.

Ich versuchte, mich hinzusetzen, und hustete salziges Wasser aus. Ich hörte das Dröhnen eines Motors und erspähte durch eine kleine Tür ein Cockpit.

»Wir sind in einem Wasserflugzeug, Anchovi. Gehört zu einer Riesenjacht, für die ich mal undercover gearbeitet habe.« Er tätschelte eine Steward-Uniform, tauschte diese dann aber gegen einen gemusterten Bademantel aus.

»Ich bin sofort losgerast, als ich Prinzessins Nachricht erhalten habe. Konnte dich gerade noch an den Knöcheln packen, als du untergegangen bist.«

»Was ist mit dir passiert?«, fragte ich Prinzessin.

Sie wischte sich über die Augen.

»Nachdem Bruno mit dir fertig war, sind sie auf mich losgegangen. Ich habe mir den Kopf angeschlagen, bin aber in den Tunnel gerannt und habe die Trottel abgehängt.«

General Schlüssel ging ins Cockpit.

»Wir verfolgen jetzt Fresco«, rief er. »Er hat Italien mit einem Hubschrauber verlassen.«

Prinzessin reichte mir eine Tasse mit heißer Schokolade. Ich nahm einen Schluck und spürte die wohltuende Wärme in meinem Körper.

»Wo ist er gerade?«

»Über Frankreich, wir holen auf«, sagte General Schlüssel und schlürfte seinen parfümierten Tee. »Yelena und Yaconda berichteten, dass Tomasi gestern abgehauen ist. Er hat einen Flug nach Großbritannien gebucht.«

»Wir haben also alle Hände voll zu tun«, fügte Prinzessin hinzu.

Ich blickte mich in der Kabine um und sah den Trenchcoat meiner Mutter über einer kleinen Heizung hängen, die Taschen ausgeleert. Die Püreepistole lag auf einem Sitz, während meine Papiere auf einer Ablagefläche zum Trocknen ausgebreitet waren. Mir fiel auf, dass ich General Schlüssels Schlafanzug trug – goldgelbe Seide mit einem roten Rand, auf die Brusttasche waren Pfannenwender in Diamantform und seine Initialen G.S. gestickt.

»Was ist mit meiner Klassenfahrt?«, fragte ich schwach.

General Schlüssel lachte. »Du bist fast vor die Hunde gegangen und denkst daran?«

»Ich ... wahrscheinlich bekomme ich jetzt einen Verweis.«

»Hör zu, alles in Ordnung. Ich stelle die Zwillinge auf Lautsprecher und dann können sie dir alles erzählen.«

Ihre Stimmen – was auch immer ihre echten Stimmen waren (das wusste ich immer noch nicht) – ertönten in der Kabine.

»Anchovi! Du hast es geschafft! Und das haben Yelena und ich getan –«

»Ich will es erklären, Yack! Anchovi, wir haben deinen Lehrer angerufen, Mr Hogface.«

Ich hatte keine Lust, sie zu korrigieren.

»Ich habe so getan, als wäre ich du, und habe ihm erzählt, dass die Polizei dich zum Flughafen begleitet hat, weil niemand wollte, dass du deinen Flug verpasst.«

»Ja – da ist er ein bisschen ausgerastet«, fuhr Yelena fort, »aber ich konnte Gott sei Dank alles wieder geradebiegen. Ich habe als dein Direktor aus Rufflington angerufen. Wir haben Mr Hoghead erzählt, dass alles in Ordnung ist und er dich dann am Flughafen trifft –«

»Und dann hatte *ich* die Idee, bei der Polizeistation anzurufen«, unterbrach Yaconda sie, »und mich als Hotelmanager auszugeben. Ich habe Mr Hogfeatures erzählt, dass es eine Verwechslung gab und versehentlich der falsche Junge verhafte wurde.«

Ich wünschte, ich hätte die Superkräfte der Zwillinge, dachte ich.

»Dann wurde es ein bisschen interessant«, sagte Yaconda.

»Unsere bisher schwierigste Aufgabe, denke ich, Yack«, sagte Yelena. »Als er an den Flughafen kam, mussten wir Mr Hogwash im Namen deiner Lehrerin anrufen, Miss Odedra. Wir behaupteten, sie säße bereits mit dir im Flugzeug und dass er ganz hinten sitzen müsse, weil in der Nähe keine Plätze frei wären.«

»Ach, und vergiss nicht, Lena«, sagte Yaconda, »wir haben auch Miss Odedra in Mr Hogbreaths Namen angerufen, um ihr zu sagen, dass er Anchovi bei sich hat.«

»Das habe ich nicht vergessen, du hast mich unterbrochen, Yack«, sagte Yelena. »Wie auch immer – so wusste niemand, dass du nicht da warst. Wir haben auch ein paar vom G.P.V. in der Kabinencrew, die den beiden ein paar Beruhigungsmittel ins Essen gemischt haben. So konnten sie nicht aufstehen.«

Die Gedanken in meinem Kopf rasten.

»Und um es kurz zu machen: General Schlüssel hat noch ein paar Strippen am Flughafen gezogen. Er hat die Besatzung dazu gebracht, die beiden schnell durchzuschleusen, Mr Hogstain beim Zoll aufzuhalten, und so hat niemand Verdacht geschöpft.«

»*Außerdem*«, schloss Yelena, »haben wir beide Lehrer als eure Eltern angerufen und gesagt, dass alles in Ordnung ist.«

General Schlüssel, Prinzessin und ich fingen an zu applaudieren. Gab es irgendetwas, das die beiden nicht deichseln konnten?

»Wir werden alle Beschwerden seitens der Schule an deine Eltern abfangen, okay?«

Ich lächelte und streckte beide Daumen in die Höhe. Ich war mir sicher, dass Hogstein meine Eltern sofort belästigen würde.

»General Schlüssel?«

»Ja?«

»Wenn die Zwillinge als meine Eltern mit Hogstein sprechen, dann –« Ich starrte auf die vorbeiziehenden Wolken. »Dann sollen sie ihm sagen, dass es mir leidtut.«

General Schlüssel drehte sich um und hob die Augenbrauen.

»Ganz wie du wünschst.«

Ich ging all meine Papiere durch. Es fühlte sich so an, als würde ich meine Woche in einer gekürzten Zusammenfassung vor mir sehen. Da waren die Eintrittskarten der Klassenfahrt: das Kolosseum, der Vatikan, die Kunstgalerien. Da war das kleine Code-Buch: **Bla-Vinci-Code speciale**. Da war Frescos Pizzanachricht, auf einen Fetzen Papier gekritzelt. Da war Justins Morddrohung. Da waren sogar die Notizen zu Major Marjorie auf einer Speiskare von Caesars Pizzeria. Wie weit entfernt die Welt von Caesars Pizzeria erschien. Wie dumm ich war. Aus keinem besonderen Grund las ich mir die Speisekarte durch. Die Neptun-Pizza. Das Achilles-Mahl. Die Mark-Anchovi-Pizza. Die frittierte Haggis-Pizza. Und dann traf mich beinahe der Schlag. Die Morddrohungen. *Die Speisekarte.* Die Schrift der zusammengesetzten Buchstaben und das gelbe Papier waren genau wie in der Speisekarte von Caesars Pizzeria.

Nächstes Mal schläfst du bei den Anchovis.

Justin musste ein paar Speisekarten geklaut haben, als er am Strand von Rufflington die Pizza genommen hatte.

Mein Blick wanderte weiter nach unten. Langsam erwachte mein Gehirn wieder zum Leben und sagte mir, dass immer noch irgendetwas fehlte. Etwas Wichtiges. Als ich auf die untere rechte Ecke der Speisekarte blickte, hatte ich es. Unsere Adresse.

Caesars Pizzeria
113 Brayne Road
Rufflington-on-Sea
RFF1 8LT

Um genau zu sein, war es die Postleitzahl, die mich packte: RFF1 8LT. Ich nahm noch einmal Frescos Pizzanachricht in die Hand:

RFF1 Ritze Fisch auf 8LT

Wenn man die Worte »Ritze Fisch auf« bedeckte, war es klar. RFF1 8LT. Die Postleitzahl. Die Pizzeria meiner Eltern. Das war doch nicht möglich! Mir lief der kalte Schweiß hinunter, als ich sah, wie diese beiden Welten aufeinanderprallten: die Welt meiner Eltern, mit einem Pizzabringdienst in Rufflington – einer Welt, in der nicht viel passierte. Und die Welt vom großen Alan Fresco und dem G.P.V. Eine Welt, in der es Kunstdiebstähle, Geheimcodes auf Pizzen und Mordanschläge gab.

»Ich weiß, wohin Fresco will«, schrie ich. »Wir müssen nach Rufflington!«

Schmerzvolle vierzig Minuten vergingen, als wir über Frankreich flogen. Ich erklärte den anderen beiden meine Theorie und sie nickten finster. Meine Augen blieben auf die Flugschneise gerichtet, während meine Gedanken Achterbahn fuhren. Was hatten Fresco und sein irrer Haufen mit Caesars Pizzeria vor? Hatten sie dort etwa das *Mädchen mit dem Eichhörnchen* versteckt? Oder planten sie heimlich irgendeine kranke Rache gegen mich persönlich? Ich hatte schreckliche Visionen davon, wie sie den Ort zurichten würden. Ich dachte an meine Familie, die sich in der Wohnung darüber aufhielt. Mein Vater konnte wütend werden, echt, und hatte einen Kricketschläger, um Eindringlinge umzuhauen. Aber man brauchte schon etwas mehr, um mit Fresco und seinen großen, kräftigen Jungs fertigzuwerden. Ich stellte mir die Pizzeria vor, demoliert und verwüstet. Das wäre alles meine Schuld. Würden sie die Fenster zerschlagen? Die Öfen anschmeißen und das ganze Lokal in Brand setzen? Die Skulptur von Markus Anchovius nehmen und auf dem Boden zertrümmern? Dann kam es mir: Markus Anchovius. Die Statue eines Fisches. Ritze Fisch auf. Könnte das der Ort sein, an dem das *Mädchen mit einem Eichhörnchen* versteckt worden war?

Ich blickte aus dem Fenster auf kleine Boote, die den Kanal durchquerten. Und dann erschien – wie ein großer Spielteppich – Rufflington unter uns. Auf der Felskuppe Buckdean Hall und weiter draußen das Meer, der Pier. Ich erkannte die

Bungalows – inklusive dem der Biggs mit der Weihnachtsdeko – und die Rudersport-Lagune östlich von Rufflington Beach. General Schlüssel entschied sich, hier zu landen. Er hatte Georgia eine Nachricht geschickt, der G.P.V.-Fahrerin, die in dem Betriebsfahrt-Bus wartete.

»Zu Caesars Pizzeria, bitte«, sagte General Schlüssel, als wir einstiegen. »Und es ist sehr dringend.«

Wir ratterten durch die leeren Straßen, vorbei an den Eisenbahnbogen und dem Döner-König, über die Eight-Dials-Kreuzung, bis wir in die Brayne Road einbogen. Überall standen Imbisswagen, aufgebaut für die Fußballfans im nahe gelegenen Stadion.

Die Rollläden in Caesars Pizzeria waren runtergelassen, aber als wir uns näherten, schlich eine Gestalt heraus: Tomasi. Unter einem Arm hielt er ein quadratisches Paket. In der anderen Hand schimmerte unverkennbar eine Axt. Und er sah nicht aus wie jemand, der Feuerholz hacken wollte.

Kapitel 24

General Schlüssel führte ein Megafon an seine Lippen.

»Im Namen des Goldenen Pfannenwender Verbandes«, rief er, »legen Sie das *Mädchen mit einem Eichhörnchen* auf den Boden!«

In Tomasis Augen lag glühende Wut. Er raste zum Bus und schlug die Axt in einen der Vorderreifen. Es gab ein heftiges Zischen, als er sie wieder herauszog und in die Windschutzscheibe schleuderte. Scherben flogen durch die Luft, als die Axt auf den Sitzen landete. Dann stürzte er davon, seine Spinnenbeine trugen ihn über den Gehweg.

»Haltet diesen Koch auf!«, schrie General Schlüssel. Einer der Imbissbudenverkäufer streckte seinen Kopf hervor, nur um von Tomasi eins auf die Nase zu bekommen und umgeworfen zu werden. In Sekundenschnelle hatte Tomasi seinen Lieferwagen zum Laufen gebracht und raste die Brayne Road hoch. General Schlüssel klopfte an das Fenster eines anderen Imbisswagens.

»G.P.V.« Mehr brauchte er nicht zu sagen. Der Verkäufer sprang raus, gab uns die Schlüssel und wir nahmen Tomasis Verfolgung auf. Im Seitenspiegel sah ich die anderen Imbisswagen zum Leben erwachen. Die Scheinwerfer projizierten den Pfannenwender-Diamanten. Der Konvoi war komplett.

Wir rauschten die Küstenstraße entlang. Ein paar Fußballfans versuchten, uns für einen Burger anzuhalten. Wohl kaum. Wir kamen immer näher an Tomasi heran. Zu nah. Als er plötzlich bremste, krachten wir ihm hinten rein. Metallsplitter flogen durch die Luft, als wir nach unten geschleudert wurden. Tomasi sprang heraus, sein Wagen drehte sich kreischend in eine Reihe von Liegestühlen und ging in Flammen auf. Er rannte zum Pier, das Gemälde immer noch unter dem Arm. Wir folgten ihm, während Rauchschwaden aufstiegen. General Schlüssel gab ein Zeichen.

Die vernagelten Cafés auf dem Pier erwachten zum Leben. Türen öffneten sich und Dutzende von G.P.V.-Agenten strömten heraus, bewaffnet mit allen möglichen Lebensmitteln und Küchenutensilien.

Sie umstellten Tomasi am Hellseher-Wohnwagen. Er schlug um sich wie ein eingesperrtes Tier, aber das reichte nicht, um die Artillerie des G.P.V. zu stoppen. Sie verprügelten ihn mit Pfannenwendern, Nudelhölzern, Mehltüten, Ölfässern und riesigen Kartons Reinigungsmittel. Es überraschte mich, wie brutal es zuging – aber das war wohl das Thema der Woche gewesen. In all dem Tumult wurde das Gemälde wie eine Frisbeescheibe weggeschleudert. Es krachte durch die Glastüren des benachbarten Casinos und landete auf dem Teppich.

»Los! Los!«, schrie General Schlüssel.

Aber wir waren nicht schnell genug. Eine schmale Gestalt mit Baskenmütze und Sonnenbrille nahm es und zog es zwischen den Spielautomaten entlang. Der große Alan Fresco.

Oder eher der schlanke Alan Fresco. Die Casino-Mitarbeiter waren zu tranig, um den davonlaufenden Irren aufzuhalten. Er schlug ihnen mit dem Ellbogen ins Gesicht, sprang durch die Hintertür und floh über die Promenade.

Zusätzliche G.P.V.-Agenten unterstützen uns von der anderen Seite und stießen aus den Arkaden dazu. Weitere essensbasierte Geschosse flogen durch die Luft. Fresco rannte immer weiter. Das musste man ihm lassen – er hatte eine ziemlich spektakuläre Diät hingelegt. Plötzlich hörte ich den Hubschrauber. Es wurde eine Strickleiter heruntergelassen, die auf dem letzten Stück des Piers aufschlug. Mit einem finalen Tusch der Verwirrung taumelte Fresco in die riesige Hüpfburg. Die Schuhe ließ er an. Er sprang durch die Räume, ein verwirrender Strudel aus roten und gelben Streifen. Die Kinder in der Schule hatten sich immer wieder über die aufblasbaren Stufen und oberen Stockwerke aufgeregt. Fresco sprang dort hinauf wie ein fliegender Affe. Wir blieben ihm weiter auf den Fersen, jetzt nur noch General Schlüssel, Prinzessin und ich. Wir kämpften. Prinzessin und ich hatten in paar Schläge abbekommen und waren ziemlich müde. General Schlüssel kam mit seinen Hausschuhen nur langsam voran. Fresco tauchte immer wieder auf und verschwand in den endlos erscheinenden Kammern, die zischten und schnauften und quietschten, als wir hindurchjagten. Schließlich schlängelte er sich einen Turm hinauf – den äußersten Teil der Hüpfburg und der am weitesten vom Pier entfernte Punkt. Während wir die wackligen Stufen hochhüpften, dröhnte der Hubschrauber über uns richtig laut. Als wir die Spitze erreichten, stand Fresco in der Fensterbank, eine Hand an der Strickleiter. Dann holte er ein Messer hervor

und stieß es in die Wand. Es gab ein ohrenbetäubendes Kreischen, als die Luft entwich, und der Boden unter unseren Füßen begann zu zittern. Ich brauchte einen Augenblick, um zu registrieren, dass Fresco an die Leiter sprang und General Schlüssel ihm hinterherhechtete, bevor das gesamte Gebilde zusammenbrach wie ein Kartenhaus. Wir purzelten durch die schrumpfenden Zimmer nach unten. Prinzessin griff den Rahmen eines schlaffen Fensters und glitt hinaus.

»Folge mir!«, rief sie.

Das letzte Stück der Leiter erhob sich klackernd vom Holzsteg. Fresco kletterte auf den Helikopter zu und General Schlüssel folgte ihm – ein juwelengleicher Fleck über uns. Wir hörten ein Klatschen, als Fresco General Schlüssel ins Gesicht schlug. Dann ein erschöpftes Stöhnen, als General Schlüssels Hausschuh in Frescos Brust stieß. Und schließlich das WUSCH eines Gemäldes, das durch die Luft auf uns zuwirbelte.

Ich musste an eine Kricketstunde denken, als mein Trainer gebrüllt hatte: »Sieh den Ball an, Kingsley, sieh den verdammten Ball an!« An diesem Tag schien der Ball ewig in der Luft zu bleiben, bevor er nach unten flog und von meinen Fingerspitzen abprallte. Dieses Mal war das Gegenteil der Fall. Das Gemälde rauschte in meine Arme und ich presste es fest an die Brust.

»Juhuuuuuuuuuuu«, schrie Prinzessin.

»Neeeeeeiiiiiiin!«, schrie Fresco.

Dann sah ich Brutus – oder Bruno – die Strickleiter hinunterklettern. Irgendetwas glänzte in seiner Hand, ein Schlagstock oder ein Messer. Auf jeden Fall war es keine weiche Baguettestange. Er näherte sich dem kämpfenden Knäuel aus

Fresco und General Schlüssel. Ohne groß nachzudenken, nahm ich die Püreepistole und feuerte los. Ein Schrei ertönte, als Brutus – oder Bruno – von der Strickleiter stürzte und ins Meer krachte. Noch mehr Schreie ertönten, als Fresco General Schlüssel wieder und wieder ins Gesicht schlug.

»Aufhören! Aufhören!«, brüllte Prinzessin.

General Schlüssel wurde zurückgeschleudert und seine Beine verhedderten sich in der Leiter. Er bewegte sich wie ein halb zusammengequetschtes Insekt, das die letzten Lebenszeichen zeigte. Er brachte seine Hände auf Höhe seines Gesichts und drückte seinen Laser-Ring. Ein kraftvoller Strahl flammte in Frescos Richtung. Aber die Leiter schaukelte im Wind, sodass der Strahl an ihm vorbei und in den Hubschrauber schoss.

Bislang hatte ich Explosionen nur in schlechten Actionfilmen gesehen. Sie wirkten immer massiv, unnatürlich orange, mit Millionen von Flammenkuppeln. Genauso war es hier, nur zehnmal schlimmer. Und was die Filme nicht vermitteln, ist die Hitze, die dir selbst aus der Entfernung das Gesicht verbrennt. Es wirkte, als wäre der ganze Himmel eine einzige riesengroße Zuckung mit herumfliegenden Hubschrauberteilen. Und mitten in diesem Feuerchaos befanden sich zwei sehr unterschiedliche Menschen. Der eine war ein Kunstdieb und Tyrann. Der andere war der Junge, der erst gestern mein Leben gerettet hatte. Ich sank auf die Knie, in meinem Kopf schwirrten verstörende Bilder. Rauch formte sich zu einem monströsen Arm. Und für eine Sekunde flackerte etwas Weißes auf. Vielleicht ein Stück Propeller. Oder eine wirklich dumme Möwe. Oder, wenn ich daran glauben wollte, ein Fallschirm, der sich zu öffnen versuchte.

Kapitel 25

Wir liefen zum Döner-König. Prinzessin wollte mich fernhalten von den Polizeibooten, den Fernsehteams und all den Fragen, Fragen, Fragen. Sie führte mich zum Lager und drückte auf ein Glas Tahini-Soße. Es öffnete sich eine Falltür und wir kletterten in ihr Büro. Goldene Pfannenwender an der Wand, ein Billardtisch als Schreibtisch, unzählige Monitore, ein Miniaquarium. Beeindruckend. Aber für mich spielte das alles keine Rolle mehr.

Schicke Büros spielten für mich keine Rolle. Auch das Gemälde von irgendeinem Nager, dessen Name niemand kennt, spielte für mich keine Rolle. Das Einzige, was zählte, war der pulsierende Punkt auf den Bildschirmen unserer Uhren, auf der Suche nach einem Zeichen von General Schlüssel. Schon so lange, zu lange, piepste er langsam und erschöpft, als würde die Uhr selbst kaputtgehen. Ich wusste, dass der G.P.V. zu allem Möglichen in der Lage war. Aber *das* überleben? Die Polizei hatte Fresco aus dem Meer gefischt – beziehungsweise das, was von ihm übrig geblieben war –, aber nichts von General Schlüssel. Gar nichts. Prinzessin versuchte, etwas zu sagen, aber es gelang ihr nicht. Alles ließ uns zusammenzucken. Die

Züge, die oberhalb des Ladens entlangratterten, der Döner-König mit seinen Fritteusen. Und dann, unscharf und bläulich wie ein halb entwickeltes Foto, war auf unseren Bildschirmen eine Silhouette zu erkennen.

»Gut«, schnurrte die Stimme, »das war vielleicht ein wenig zu dramatisch, oder?«

Ich fiel beinahe vom Stuhl. Prinzessin stieß ein paar fast unanständige Worte aus.

»Heilige Scheiße! Wo sind Sie wie geht es Ihnen wie konnten Sie –?«

»Ich muss sagen, dass Camillo mit diesen Uhren ganze Arbeit geleistet hat«, sagte die Silhouette. »Auch wenn meine kaputt ist, wie ihr euch sicher denken könnt.«

»General Schlüssel, wir wollen nicht über Camillos kleine Spielzeuge reden! Erzählen Sie uns endlich, was zum Teufel passiert ist. Ist alles in Ordnung bei Ihnen?«

»Mir geht es gut, Prinzessin. Mir ging es schon besser, und das war mein Lieblingsbademantel, aber ihr wisst ja, was man über Omeletts und kaputte Eier sagt.«

Prinzessin warf mir einen fragenden Blick zu.

»Wie auch immer … ich bin im Mini-U-Boot. Um ehrlich zu sein, kann ich mich gerade nicht allzu gut bewegen, aber ich komme schon klar. Camillo ist ein Genie. Der Fallschirm-Bademantel. Das Mini-U-Boot, das auf mein Signal zu mir kommt … und das Wasser war nicht *so* kalt, selbst an britischen Sommermaßstäben gemessen. Leider muss ich aufgrund des Ganzen …« Die Verbindung wurde gestört, und ich dachte schon, wir würden ihn verlieren – doch es war nur ein sehr langer Seufzer. »Die Wahrheit ist«, fuhr er fort, »dass ich den G.P.V. verlassen muss. Wie ihr wisst, bin ich jetzt in dem Alter und stehe mit allem, was heute passiert ist, zu sehr in der Öffentlichkeit. Deshalb muss ich zurücktreten.«

Diesmal fiel ich vom Stuhl. Prinzessin sah mich mit finsterem Blick an.

»Freunde«, fuhr er fort. »Ich bin extrem stolz auf euch. Das Wort ›Held‹ wurde für Menschen wie euch erfunden. Ihr habt etwas getan, was kein Pizzabote und keine Dönerverkäuferin – oder irgendjemand sonst – je geschafft hat. Anchovi – du wirst einen sehr guten G.P.V.-Detektiv abgeben, das weiß ich. Ich habe immer an dich geglaubt.« Meine Unterlippe fing an zu zittern. »Und Prinzessin – ich kann dir nicht genug danken. Du bist die ultimative Ausbilderin. Es ist nur richtig, dass du meine Nachfolge antreten wirst; die Genehmigung von ganz oben ist längst erfolgt. Du weißt, was zu tun ist.«

Prinzessin nickte, erstaunt. Ausnahmsweise fehlten ihr mal die Worte.

»Ich bestehe auf eine Sache: Versucht nicht, mich zu kontaktieren. Das wäre für alle sehr gefährlich. Ihr habt ja gesehen, was heute passiert ist.«

Scheibenkleister, dachte ich.

»Gut«, seufzte er. Seine Stimme klang etwas gedämpft durch das Geblubber außerhalb des Mini-U-Boots. »Ich sage euch Lebewohl, Freunde. Wenn die Zeit kommt, werden wir uns wiedersehen. *Aureum in spatha est, vivat in spatha!*«

Und damit löste sich die Silhouette ins Blaue auf und schrumpfte wieder zu einem Punkt zusammen. Wir starrten uns schweigend an.

Prinzessin ging zum Aquarium hinüber.

»Ich wusste, dass das kommen würde, Anch. Aber nicht so.« Sie streute etwas Fischfutter in den Behälter. »Es wurde uns schon erzählt, dass das beim G.P.V. passiert …« Ihre Stimme schwankte und sie wandte ihren Blick von mir ab hin zu den Fischen, die ihr Futter verputzten. »Wenn es Zeit ist zu gehen, muss man schnell und ohne großes Aufsehen verschwinden. Das wird bei mir so sein. Das wird bei dir so sein.« Sie wischte sich über die Augen und ging wieder zum Tisch. »Wie auch immer – wir müssen uns an das G.P.V.-Protokoll halten.«

»G.P.V.-Protokoll?«

»Dein Abschluss, meine ich. Leg bitte deinen Fuß auf den Tisch.«

Ich tat, was sie von mir verlangte, und knallte meine Turnschuhe auf den Billardtisch. Sie öffnete eine Metallbox und holte etwas hervor, das verdächtig nach einem Tätowierstift aussah.

»Jetzt zieh deinen Schuh und deine Socke aus. Du bist kein Lehrling mehr.«

»Was tust du?«

»Du bekommst dein dauerhaftes G.P.V.-Tattoo, wenn das für dich in Ordnung ist.«

»Denke schon.«

Ich zog die Socke aus und Prinzessin zuckte zurück.

»Du musst dich wirklich gründlich waschen.«

Sie machte sich an die Arbeit, zeichnete den Umriss von Markus Anchovius auf meinen zweiten Zeh. Darunter malte sie den Pfannenwender-Diamant. Ich spürte ihre kalten Finger an meinen Zehenspitzen. Aber sie wirkte nicht gelangweilt oder peinlich berührt. Ich wusste inzwischen, dass sie General Schlüssel geliebt hatte.

»So«, sagte sie und klatsche einen Klebestreifen darüber. »Fünf Stunden nicht waschen oder anfassen, okay?«

»Okay.«

»Das ist ein Ausweis für praktisch jeden Ort. Du bist jetzt ein offizieller G.P.V.-Detektiv.«

Sie legte den Stift weg und holte ein paar Zettel und zwei Flaschen hervor.

»Du *bist* jetzt Mark Anchovi. Pinke Limonade gefällig?«

Ich nahm einen Schluck und studierte die Zettel.

»Nimm die mit, lies sie dir durch, unterschreib sie und gib sie mir diese Woche zurück. Danach bin ich nicht mehr hier.«

»Wohin gehst du?«

»Nach London, in die G.P.V.-Hauptverwaltung. Ich übernehme die Geschäfte der UK-Abteilung, Anchovi.«

»Glückwunsch!«

»Na ja, es ist noch nicht offiziell.«

»Muss ich dich dann Döner-Königin nennen?«

Sie lächelte das erste Mal an diesem Tag.

»Vielleicht.«

Wir gingen zur Leiter. Daneben befand sich – gepolstert mit einer Tüte voller Fladenbrote – das Gemälde. Dieses hochnäsige Mädchen. Das lächerliche Eichhörnchen. Ich meine, wer hat schon ein Eichhörnchen?! Ich warf einen letzten Blick darauf, bevor wir wieder nach oben kletterten.

»Ich bin froh, dass alles vorbei ist.« Prinzessin seufzte. »Obwohl … da wäre nur noch eine Sache.«

Kapitel 26

Nach all der Aufregung fühlte es sich total absurd an, bei der Polizei in Rufflington zu sitzen – ein Ort, an dem eine verschwundene Katze ein Drama war.

Hauptkommissarin Sandpip drehte sich zu mir um.

»Du kannst dir vorstellen, wie überrascht ich war, Colin«, sagte sie und kippte ihre zehnte Tasse Tee runter, »als eine Akte von Scotland Yard hier eintrudelte, mit deinem Namen drauf.«

Sie schüttelte den Kopf und ihr schwarzer Dutt zitterte wie Wackelpudding.

»Ich darf keine Details wissen oder weitergeben, da hier allem Anschein nach eine Geheimabteilung im Spiel war.« Sie deutete auf ein goldenes Logo: den G.P.V.-Pfannenwender-Diamant.

Ich versuchte, einen möglichst unschuldigen Blick aufzusetzen – nie leicht auf einem Polizeirevier.

»Aber es scheint«, fuhr sie fort, »dass du von höchster Stelle für dein Verhalten entschuldigst wirst: Zerstörung eines Schulbusses, Flucht aus einem italienischen Polizeirevier, unentschuldigtes Fehlen bei einem planmäßigen Flug und generell – nach dem, was Mr Hogstein mir erzählt hat – Verursachen von totalem Chaos während deiner Klassenfahrt.«

Ich vermied es, ihr in die Augen zu sehen, und starrte auf das »Vermisste Katzen«-Poster hinter ihr.

»Mr Hogstein hat deine Entschuldigungen angenommen. Ihm ist klar, dass du eine wichtige Rolle als Zeuge für irgendeinen Zwischenfall in Rom gespielt hast.« Sie seufzte. »Genau wie mit der Explosion über dem Pier ... es war ein ereignisreicher Morgen.«

Sie führte mich hinaus und schritt vorsichtig an den unordentlichen Papierstapeln vorbei.

»Es gibt eine bestimmte Person, mit der intern verfahren wird.«

Draußen im Flur saß Prinzessin auf einer Bank.

»Hier entlang, bitte«, sagte Sandpip und wies auf die Zelle. Als wir sie betraten, wurde mir schlecht: Justin.

»Verschwinde, Fisch-Atem!« Er rotzte mir auf den Schuh.

»Frau Hauptkommissarin, wir haben das alles unter Kontrolle«, sagte Prinzessin. »Könnten Sie uns eine Minute allein lassen?«

Sandpip zuckte mit den Schultern und verließ die Zelle.

Prinzessin drehte sich zu Justin um.

»Hör zu, du ekelhafter Giftzwerg, entweder erzählst du uns alles oder du wirst der Oberhosenscheißer im Jugendknast.«

Seine Knopfaugen verengten sich hinter seinem zotteligen Pony.

»Mir doch egal! Ich würde es jederzeit wieder tun! Ich würde euch alle vernichten!«

Er schickte eine weitere grüne Rotzrakete in meine Richtung, aber ich sprang rechtzeitig zur Seite.

»Sag uns einfach nur warum, Trinkpäckchen«, murmelte Prinzessin. »Warum hast du uns so hintergangen?«

Er wurde wütend.

»Ich habe mich in Pizzagesichts Koffer versteckt, weil ich helfen wollte. Und ich hätte helfen können! Ich bin viel besser als er! Egal … bei euch hieß es ja immer nur ›Bleib hier, kleines Trinkpäckchen-Baby, und halte dich aus allem Ärger raus …‹ Aber das habe ich nicht auf mir sitzen lassen, nein, ich nicht. Nicht mit Trinkpäckchen!«

Er streckte seinen Brustkorb durch, wodurch er ziemlich arrogant wirkte.

»Es war soooo einfach. La Casa Bianca war plötzlich nebenan, also bin ich zu Tomasi gegangen und habe alles ausgeplaudert. Fresco war schon unter Hausarrest und sie hatten den Pizza-Code erfunden, an den wir uns gehalten haben. Dann haben sie mich mitgenommen und wir haben Camillos kleine Nerd-Höhle niedergebrannt.«

Er gab ein grauenvolles Kichern von sich, wie ein hustender Mops. »Ich habe ihnen alles über dich erzählt, Pizzagesicht.« Er grinste mich an. »Dein Hotel, wo sie dich finden, wie sie dich umnieten könnten.«

Er wedelte mit seinen kleinen Pfötchen herum.

»Was ist mit dem Bild passiert?«, fragte ich.

Er fuhr sich mit der Zunge über die Lippen.

»Fresco wusste, dass jeder einem süßen kleinen Jungen wie mir vertrauen würde. Die Typen am Flughafen haben nicht mal mit der Wimper gezuckt!«

Prinzessin rieb sich die Augen.

»Dann habe ich es bei Pizzagesicht zu Hause versteckt. Der letzte Ort, an dem er nachsehen würde!«

»Was hast du mit Markus Anchovius angestellt?«

»Oh, du meinst diesen großen hässlichen Wunschfisch, den deine Eltern in ihren Laden gestellt haben? Ha!«

Ich hätte ihm liebend gern mit der Püreepistole ins Gesicht geschossen, tat es aber nicht.

»Ihr habt nie von meiner besonderen Fähigkeit gehört, oder?« Er grinste. »Schlösser knacken.«

Was Markus Anchovius angeht: Ich hatte ja bereits den Münzschlitz in seinem Maul erwähnt. Nun ja, diese Münzen sammeln sich in einem ziemlich großen Sockel, unterhalb seines Schwanzes. In diesem Sockel ist eine Tür und in dieser Tür ist ein Schloss. Das kann man mit einer Büroklammer öffnen. Keine ›besondere Fähigkeit‹.

»Ganz ehrlich, Pizzagesicht«, spottete Justin, »es war schon laaaaangweilig, so einfach war das. Tomasi war nicht so nett mit dem Teil, haha!«

Sein verächtlicher Tonfall drückte bei mir alle falschen Knöpfe und brachte das Fass zum Überlaufen.

»Und was ist für dich dabei rausgesprungen, Trinkpäckchen?«, fuhr ich ihn an.

»Na ja ... Ich bin zurück nach Italien geeilt. Ich wusste, dass es die anderen ohne mich nicht schaffen würden.«

Sein Gesicht schien förmlich zu erschlaffen.

»Fresco sagte, er würde seinen Tod vortäuschen, das Gemälde nehmen, es verkaufen und die 20 Millionen mit mir teilen.«

Der Rotz lief ihm aus der Nase. Ich bot ihm ein Taschentuch an.

»A-a-aber ...«, schnaufte er, »er hat mich angelogen!!!«

»Natürlich hat er das getan, du Idiot!«, brüllte Prinzessin. »Niemand mit auch nur einer halben Hirnzelle würde einem Typen wie Fresco trauen!«

Justin hörte auf zu schniefen. In seinen Augen lag jetzt ein wütendes Funkeln. Er stellte sich auf die Bank und hob seine kleine Hand in die Luft.

»Nieder mit dem G.P.V.!«, schrie er. »Nieder mit dem G.P.V.!«

Prinzessin seufzte und führte mich hinaus.

»Sie können ihn jetzt abführen«, sagte sie zu Hauptkommissarin Sandpip.

Wir verließen die Wache und liefen durch Rufflington, mit den Puppenhausstraßen und den schnurgeraden Hecken. Prinzessin legte ihre Hand auf meine Schulter. »Das hast du gut gemacht, Anchovi. Wirklich gut. Du wirst einen verdammt guten Detektiv abgeben.«

»Bekomme ich auch ein Geheimbüro?«

»Klar. Steht im neuen Vertrag. Camillo baut dir eins unter der Pizzeria. Wie auch immer – nach Hause musst du allein gehen.«

Wir erreichten den Hügel oberhalb der Eight-Dials-Kreuzung, die salzige Brise auf unseren Wangen.

Wir gaben uns die Hand – ihre schwielig, meine auf sonderbare Weise weich.

»Auf Wiedersehen, Anchovi.«

»Danke, Döner-Prinzessin«, sagte ich. »Melde dich, wenn du mich für irgendetwas brauchst.«

»Das werde ich. Wir sehen uns, Pizzakopf.«

Ich lief weiter und umklammerte meinen neuen G.P.V.-Vertrag. Offizieller Gastronomie-Detektiv.

Ich überflog die Klauseln, während meine müden Beine mich nach Hause trugen. Die Ziffern bezüglich meines Gehalts ließen meine Gedanken rasen. Ich stellte mir mein Geheimbüro vor – vielleicht konnte Camillo mir dort einen Whirlpool einbauen.

Schließlich war ich zurück in der Brayne Road. Mit der Sonne, den krächzenden Möwen und Hundebesitzern, die beim Gassigehen die Kacke ihrer Lieblinge aufsammelten, kam es mir vor, als wäre ich wieder in der Realität angelangt.

Durch das Fenster der Pizzeria sah ich meine Mutter, die gerade die verschiedenen Beläge aus dem Kühlschrank nahm.

Mein Vater versuchte, den armen Markus Anchovius zu verarzten. Er sah mich als Erster und über sein Gesicht zog sich ein breites Lächeln.

»Unser Jetsetter ist wieder da«, rief er. »Junge, du hast hier ein ganz schönes Drama verpasst!« Er umarmte mich, während meine Mutter vor lauter Schreck die Beläge fallen ließ.

»Colin!«, kreischte sie und fiel in die Umarmung mit ein. »Du siehst erschöpft aus!«

»Das bin ich auch«, krächzte ich und mir stiegen Tränen in die Augen. Sie strich den Kragen des Trenchcoats glatt. Dann rief sie nach Alicia, die die Treppe hinuntergesprungen kam und dabei gleich zwei Stufen auf einmal nahm. Meine Schwester rammte mir ihren Kopf in den Magen, als sie meine Hüfte umarmte.

»Ist das mein kleiner Bogey?«, rief eine raue Stimme.

»Opapa!«

Er stand an der Eistheke und fütterte Dinnergloves mit einem halben Softeis.

»Ähm, Opapa, du hast schon wieder Ketchup aufs Eis gemacht.«

»So bin ich eben, Kumpel, so bin ich. Und, wie war Rom?«

»Oh, es war …«

»Schön?«

Ich nickte. Es war schön – ich hatte nur kaum Gelegenheit, mir alles anzusehen.

»Warst du in der Sixtinischen Kapelle?«

»Ja, da hing jemandem ziemlich viel Haut herunter und das war ziemlich … inspirierend.«

»Und das Kolosseum?«

»Oh, das war heftig …«

»Und der Trevi-Brunnen? Bist du überhaupt nah genug herangekommen?«

»Sehr nah. Vielleicht zu nah.«

»Colin, du kannst dich wirklich glücklich schätzen. Ich hoffe, das weißt du.« Er schlürfte sein mit Ketchup beschmiertes Eis, ohne mit der Wimper zu zucken. »Hast du ein paar nette Freunde gefunden?«

Ich hatte plötzlich einen dicken Kloß im Hals.

»Supernette Freunde. Aber … ich weiß nicht, wann ich sie wiedersehen werde.«

»Ach, Colin. Ich kenne dieses Gefühl. Freunde sind so wichtig. Wenn man sooft es geht aneinander denkt und sich an all diese Momente zurückerinnert, verliert man seine Freunde niemals.«

»Warst du schon mal in Rom, Opa?«

»Schön wär's!«

Der Raum war erfüllt vom salzig fischigen Duft einer Mark-Anchovi-Pizza. Mein Vater brachte sie aus der Küche und schnitt sie in einem der Kartons in Stücke. Dann setzten wir uns alle an einen kleinen Tisch, mit einem Schluck Cola, um den salzigen Geschmack zu neutralisieren.

»Wir haben dich vermisst, Colin.«

Ich lächelte und wischte mir einen Käsefaden vom Kinn.

»Ich habe euch auch vermisst.«

ENDE